新「遊《ゆ》行《ぎょう》」時代

長寿社会の生き方と里山の役割

千坂げんぽう・岩井憲一

※表紙写真は岩手県一関市萩荘にある知勝院の
樹木葬墓地内から施設をのぞむ

里山づくりの仲間と秣岳《まぐさだけ》山頂で

前列左から　今村詮、千坂正子、小野寺ヤス

後列左から　本多洋之、稲辺清三、千坂、岩井、阿部芳夫

知勝院信者と須川岳（栗駒山）山頂で

後列左千坂英俊、前列右岩井　　2014.10.20

ありし日の岩井憲一氏

樹木調査をする千坂(左)と岩井(右)　2000

知勝院第１墓地での枝切り
2001

久保川トレッキング（右から４番目岩井）　2005.5.3

霜後の滝で今村詮(左)と岩井(右)
2007.5.4

クラムボン広場で
鷲谷いづみ教授(中央)と岩井(右)
2008.5.2

知勝院の活動でオックスフォード大学で博士号を取得した
ボレー・セバスチャンを囲んで　2007.5

第２墓地でのカンジキ体験
左から千葉喜彦、千坂、岩井
2008.1.12

カンジキ体験出発前
千葉喜彦（左）と岩井（右）　2008.1.12

第２墓地稜線で岩井(左)　　2012.4.29

知勝院水辺公園で（左から４番目千坂、右から２番目岩井）　　2015.6.6

はじめに

高齢者は新「遺偈《ゆいげ》」をまとめてからが大事

新「遺偈」をまとめようと言っても、一般の人は「遺偈ってなあーに」と疑問に思うだけでしょう。

宇井伯壽監修の仏教辞典（大東出版社）には「師僧が将に入滅せんとする時、学徒に書き残す偈」とあります。

これまた、ちょっと難しいかもしれません。師僧とは修行者（＝学徒）を指導する高位の僧侶のことで、現在の臨済宗では老師と呼びます。

どうも仏教の言葉は分かりにくいと敬遠されます。「遺」は、「遺失物」「遺跡」など漢音の「イ」と読むのが普通で、これを呉音「ユイ」と読むのは「遺言《ユイゴン》」くらいでしょうか。

漢音とは西暦六〇七年に小野妹子が遣隋使として中国に派遣された頃から輸入された漢字音です。ところが、仏教はその七十年前以上昔に伝来しています。隋や唐は北方の黄河流域に都を置きましたが、それ以前の文化の中心は長江流域（呉の地方）にありました。そのため仏教は古い時代の発音や南方で行われていた発音の影響が強いまま日本に輸入されました。

「言」は、ほとんどが「ゲン」と発音されるのですが、「言語道断」（本来の意味は、言葉では説明できない奥深い真理という意味）が「ゴンゴドウダン」と読まれるのは、仏教由来の言葉だからです。「遺言」も「ユイゴン」となるのも同様の理由からです。

このような理屈が分かると、「修行」が「シュウコウ」と読まず、「シュギョウ」と読むこと、「遊行」が「ユウコウ」でなく「ユギョウ」と読むこととの理由が分かると思います。根本の理由が分からず、ただ覚えようとしてもつまらないだけです。呉音と漢音以外に十一世紀以降、長江下流の浙江省、江蘇省や福建省から「行灯《あんどん》」などの唐音と言われる発音が伝わりますが、これは禅宗などとの関わりが強い発音です。

「偈」は元来、仏の功徳を称える韻文のことで、一行（これを一句という）を四字、五字、七字のいずれかで作り、四句で一偈とするのが普通です。したがって見かけは漢詩と区別がつきません。

これに対し、死に臨んで弟子達に戒めを残したものを「遺誡《ゆいかい》」と言い、多くは散文体で書かれています。臨済宗の修行道場では大燈国師宗峰妙超の遺誡がよく読まれます。現在の臨済宗は、最初に臨済禅を伝えた栄西禅師の流れは少なく、大應国師南浦紹明、大燈国師宗峰妙超、無相大師関山慧玄と伝わった三禅師のそれぞれ一字を取った「應燈関」の流れとして位置づけられています。臨済宗以外の宗派の祖師となった方もそれぞれ遺誡を残しています。※(1)

自分にとってふさわしい新「遺偈」をつくる

しかし、私のような未熟な僧侶と同様、一般人は後生に範を示すような生き方をしていないのが大半でしょう。従来はせいぜい家族がもめないよう「遺言」で資産分配についての指示を公正証書で残す程度でした。ところが最近では長寿化に伴い、勤務先を退職してからの人生が長くなり、かつての仲間との関係が薄くなります。その上、逝去している人も出てきますので、生前に記録を残しておかないと家族に死後連絡して欲しい人々のことが伝わりません。

このため「エンディング・ノート」が流行っ

ています。私も知勝院が法人会員となっている「公益ＮＰＯ法人葬送を考える市民の会」（札幌市）が作ったもので整理しています。

預貯金は全くないので、自然保護関係の会員停止通知や死亡通知を出す人々の整理だけです。恐らく一般の人は葬儀や墓の問題で悩むでしょうが、私はすでに分骨地まで決めていますし、唯一の生命保険の二百万円で葬式はまかなうようにと考えています。

問題なのは、むしろ決まりをつけてから（あるいは決まりをつけるため）どう余生を過ごすかでしょう。

長寿社会になり、自らが好まなくてもガンや介護を必要とする状態におちいる可能性は誰もが持っています。そのような情況に置かれても出来ることを今から考えていたほうが良いでしょう。

私は**「遺偈」に代わる現代風の自己表現こそが新「遺偈」**だと考えています。昨年ノンフィクション作家柳田邦男氏の講演を聴きました。氏は余命を告知された人が、懸命に自らの境地を俳句にしたためた例を出しました。生きている限り「生かされてきたことを刻む」ことが出来れば病床の人生も意義有る人生になるとのことです。私も同感です。

この本の半分は私の遺偈的なものですが、残りは岩井憲一君の遺偈そのもので、樹木葬墓地を管理する知勝院会報に第一号から毎号掲載した文章の抜粋です。最後の文は、面会謝絶の情況下で書かれたので、彼本来のタッチになっていません。残念ながら生前に本の形になって渡すことが出来ませんでしたが、何とか一周忌までに上梓することが出来ました。

自己実現のために新しい遊行《ゆぎょう》期《き》を

六十歳代の時、岩井憲一君より私が先に逝くのではと想っていました。二歳私が年長という事だけでなく、四十九歳での脳溢血、五十七歳で脳下垂体腫瘍の手術、六十二歳からは前立腺肥大症、六十歳代後半からは正座が出来なくなったなど、病気が取り付いていたからです。

そのため、樹木葬墓地を管理する知勝院住職は二〇一一年(平成二十三年)三月三十一日、親寺の祥雲寺は二〇一四年(平成二十六年)一月二十日に退任し、両寺の経営面、宗教面のいずれにも関与しないことにしました。そのため葬式や回忌供養などは後継者の祥雲寺住職、知勝院住職、知勝院副住職のいずれもが都合が悪いときに応援で駆けつけるだけです。

それ以外の時は、樹木葬墓地周辺の草取りをボランティアと一緒に午前中に行っています。草取りと言っても在来植物を駆逐する侵略的外来種ヒメジョオン、シロツメクサ、セイヨウタンポポなどが樹木葬墓地や知勝院境内地に入り込まないように選別的に抜き取ります。セイタカアワダチソウ、オオハンゴウソウ、キショウブ、ハルザキヤマガラシなど「久保川イーハトーブ世界」(久保川上中流域約十㎞)ではびこる手強い連中は知勝院職員に駆除作業のアドバイスをしています。

私の願いは「久保川イーハトーブ世界」を在来種が多い動植物の自然公園的な地域として自然環境学習の聖地とすることです。わずか十㎞の流域に**トンボが七十種、水生昆虫が五十一種、鳥類が百十二種(二〇一八年八月現在)**も生息していることは世界に誇るべきことです。

このような「さとやま」では川縁からカジカガエルの心洗われる声が聞こえ、林の中からはアカショウビン、サンコンチョウ、オオルリなど鳥には疎い私でもすぐ分かる声が響きます。喧噪の中で過ごすのとは雲泥の差があります。

住職を退く以前から年賀状による賀詞交換も止めました。SNSでのやり取りもありません。

世俗の煩わしさがなく豊かな生きもの達に囲まれていると、ここは『阿弥陀経』で描かれている浄土世界にも比することが出来ると感じます。まさに準限界集落の「久保川イーハトーブ世界」は、『老子』で理想とする「小国寡民」※(2)の世界そのものです。

しかし、決して頑なに小世界に閉じこもっているのでは有りません。「朋　遠方より来たるまた楽しからずや」という『論語』的心情を持ちあわせていますので、噂を聞きつけて訪問する人は歓迎します。「久保川イーハトーブ世界」を十二分に案内します。また、「久保川イーハトーブ世界」での自然再生を円成《えんじょう》させるために各地の植物園や景観が優れている所にも出かけています。

ただし、引退した身ですからお金が有りません。そのためJR東日本が行っている「大人の休日」を利用したり、講演の依頼があれば喜んで出かけ、その仕事のかたわら自然と文化を学び、「久保川イーハトーブ世界」の自然をPRし生物多様性の重要性を訴えています。自分の地域と日本全体の「さとやま」を良くするために地方を訪れることこそ新しい時代の「遊行」に他なりません。大都会に住む人々には、私同様「遊行」を通して「第二のふるさと」※(3)を見つけて欲しいのです。

二千年以前のインド社会では、望ましい人生のあり方として、学生期《がくしょうき》、家住期《かじゅうき》、林住期《りんじゅうき》※(4)、遊行期《ゆぎょうき》の四期に分ける四住期という考えがありました。宗教者は晩年には自らの思想を訴えるため各地をめぐる「遊行」を行うことが望ましかったのです。

それと同様、**現代日本では未来世代に素晴らしい自然と文化を残すために、都会の人が地方へ出かけるという新しい形の「遊行」が必要**とされるのです。大都市と地方の交流が盛んになれば自ずから地方は再生します。

その「遊行」により多くの人が地方の持つ豊かさを知れば、日本を滅ぼす原発を推し進め経済成長ばかりを語る政治の愚かさに気づくでしょう。市民一人一人が文化度を高め、成熟した社会のあり方を考えることが悪しき政治家に退場してもらう道にもなるでしょう。

鎮魂の遊行とボランティアが高齢者にはふさわしい

誰しも晩年になると、先祖のこと、お世話になった人々、友人知人を思い返すことが多くなります。私が一番恩を感じているのは、大学、大学院時代の恩師・故志村良治教授です。昭和五十九年に亡くなった師の命日二月八日には毎年仙台市の自宅で仏壇に向かい読経し、三十三回忌後は神奈川県藤沢市の墓地に行っています。

大学院時代の先輩、故北村寧福島大学名誉教授も忘れられません。私が自然再生の実践に集中し論文などを書かなくなっている時、放送大学の集中講義をやってはどうかと誘われ、おかげで執筆する気持ちを持てるようになりました。北村氏は専門が違うこともあり四十三年間音信不通の状態でしたので驚きました。その後、一関に招こうと思っていた時、突然逝去なされ、またまた驚きました。そこで長野県佐久地方への墓参となりました。墓地で読経をした後、しみじみと「故人がこの地方で若き日を過ごしたのだなあ」と感慨にふけったのです。

また、長野県の松本市立美術館を訪れた時、かつての学友田村光太郎君の三十三回忌に墓参できなかった積年の朦朧とした思いが払拭されました。なんとそこには山岳画家として著名だった亡き学友の父君・故田村一男画伯の常設展示があったのです。画伯の若き日の写真は、子息の光太郎君そっくりでした。プライバシー保護のため菩提寺を教えてもらうことは出来ませんでしたが手がかりが見つかりましたので五十回忌までには墓参出来そうです。

韓国の大学から講演に招聘された時は、大田《テジョン》市の国立戦没者墓地の施設で礼拝できました。同様に広島、長崎、沖縄などで、鎮魂の礼拝を行い過去を振り返ることも必要です。また、お金のある方は、ポーランドのアウシュヴィッツなど人類の蛮行を刻む負の歴史を見つめることをお勧めします。**国が過ちを犯さず未来世代が安寧であることを願うのが高齢者のつとめ**ではないでしょうか。

さらに若干でも体力のある方は、スーパーボランティアとして有名になった尾畠春夫さんほどではなくても生きがいと結びつくボランティアに関わってください。知勝院では多くの草取りボランティアで助かっています。

高齢者よ！　終活は早めに切り上げ、地方に出かけようではないか。

※(1)**『禅僧の遺偈』**（古田紹欽著・春秋社・１９６５年11月25日）、**『遺偈遺誡』**（大法輪閣編集部編・平成10年9月1日）参照
※(2)**「小国寡民」**　『老子』の中で説かれるユートピア的性格をもつ理想社会の形態。小さな国（単位共同体）に少ない住民が、文明の利器を使わず、地産地消の生活に安んじ、隣の国から鶏や犬の鳴き声が聞こえるほど近くても往来することなく、老死に至るまで、郷土を離れない生活ができること。儒家が中央集権的な統治体制を理想とするのに対し、老子は無為、無事による体制を理想とした。
※(3)**「第二のふるさと」**　日本初の樹木葬墓地を管理する知勝院は、北海道から沖縄までの信者（墓地契約者）に対し、「久保川イーハトーブ世界」が第二のふるさととなるよう研修施設をつくり長期滞在できるようにしている。第一のふるさと（町）と第二のふるさと（町）が重なることで、二とチョウ（町・重）の関係を「にちょう」生活とする。このことは『さとやま民主主義』（本の森）第二部参照。
※(4)**「林住期」**　林住期は五木寛之氏の同名著作で有名になった。そのため四住期も大分人に知られるようになった。

目次

『』は書名、「」は篇名や句、名前のみは引用したことを示す

岩井 憲一

見れども観えず

千坂　げんぽう

今年の春、樹木葬墓地に思いもかけぬ異変が起きた。杉が植林されたままになっていて、林床に日光が届かない状況になっていたため、間伐を行ったことからそれは始まった。

二月に間伐をした後、枝や杉の葉まで全部を林から運び出すのには大変な苦労をした。作業員を確保するのに苦心したこともあって作業がすべて終わったのは四月初旬にずれ込んだ。

この間伐の作業体験は、里山荒廃の原因を強く確信させた。これほど手間とお金がかかるのなら、伐採した杉の中で材木になる物以外は放置されたままになり易いということである。外材が安く輸入されているので、その価格に対抗するために間伐の後始末は置き去りにされているのではないか。このようなことを実体験で知ったことは大きな収穫だと思った。

地域づくりのシンポジウムなどに参加すると、理論・理屈だけでとかく実践に結びつかない話が多い。そういう「理論家」に一撃を加えることが出来るだけでも良いと半ば自己満足的にこの経験を捉えていた。

ところが、五月十四日の現地説明会のあたりから、間伐した一帯に色々な草が生え始めて事態が一変した。

シュンランやチゴユリは間伐する以前から存在を確認していたが、それ以外の山野草が木洩れ日を受けることによって再生してきたのである。おそらく、赤松林の中に杉を植林する前は自生していたのであろう。杉が生長し、間伐をしないため枝が生い茂るようになってそれらは次第に個体を減らしつつも、種や根の形で来るべき日のために、子孫を残してきたのではあるまいか。

それからは山野草の名前を覚える日々が続いた。

そんな繰り返しの中で、七月下旬、一本の背丈のある草が薄緑色の花を付けているのに気づいた。家内に聞くとタカネアオヤギということであった。一本だけ生えていることに感慨を覚え、以後、この花の形状と名前は忘れがたいものとなった。

二〇〇〇年夏は樹木葬墓地のことで忙しく、毎年十回以上登る須川岳（栗駒山）へ足が遠のいていた。しかし、夏の須川岳頂上近くのハクサンシャジンにはどうしても会いたくなる。あのツリガネ状の濃い青色の花は心を清らかにさせる力がある。わたしはスケジュールをやりくりし、八月初旬、朝四時頃寺を出発し、一人で須川に向かった。そして、尾根でハクサンシャジンの群落に会った。

その時わたしは愕然とした。なんとハクサンシャジンの群落にまじってタカネアオヤギの群落もあったではないか。

今迄はハクサンシャジンの花に気を取られ、薄い緑色で花か茎かの判別も定かでないタカネアオヤギに全く注意がいっていなかったのだ。ぼんやりと「見」ていたけれども、タカネアオヤギを「観」ていなかったのだ。**派手なもの、あでやかなものに気を取られることは人生で間々あること**だが、若いときはこのようなことを繰り返してきたのだろうか。

樹木葬墓地のおかげで、質素に、控えめに咲く山野草に人生を教えられた二〇〇〇年であった。

（2001年1月24日　第2号）

新3Kと樹木葬

このたび樹木葬墓地がソフト化賞を受けました。その式の中で、日下公人ソフト化経済センター理事長は、二十一世紀は、kirei（綺麗）、kimotiii（気持ちいい）、kakkoii（格好いい）の新3Kを実現した企業が生き残るという話をしました。

樹木葬墓地は山野草や種々の雑木が織りなす癒やしの空間として、綺麗で気持ちよいという点では自信があったのですが、格好がよいという点についてはいささか考えさせられました。

今のところ、樹木葬は石材店経営者や寺院僧侶から、既存の枠組みを壊すものとして冷ややかな視線で迎えられています。石を全く使わない樹木葬墓地に対して漠然と胡散臭いと捉えているむきが多いようです。悪霊を鎮めるとして古来から崇められてきた石に対する信仰がその視線の背後にあるのでしょうか。

『古事記』の中で、イザナギが黄泉の国との境を巨石で塞いだと書いているように、また、縄文人がストーンサークルで示したように、石は古来から悪霊を鎮めると考えられてきたのです。

私たちの禅宗でも卵塔という楕円形の石を建てて祖師方を供養しましたし、その強い影響を受けた鎌倉武士団は、板碑と呼ばれる板状の石で盛んに供養するようになりました。その後、元禄時代以降は一般人も石碑を建てるようになり、現在に至っています。

このような長い歴史を有している石碑ですか

ら、それを捨てた埋葬方法を怪しげに思うほうが普通なのかもしれません。一関でも二百万円以上かけて立派な墓石を建てる方が多いのですから、それをヤマツツジなどですまそうというのは、けしからんと思う方がまだ常識的なのかもしれません。

しかし、現在のような立派な石を建て始めたのが高度経済成長期以降であること、墓石のほとんどが輸入石で外国の自然を破壊していることなど、種々の点から墓石のあり方を振り返ってみると、かつてと墓石のあり方も質的に変わっていることに気づくはずです。しかも、世は少子化時代にあり、跡継ぎを必要とする檀家制度が曲がり角に来ていることを考えれば、新しい社会的ニーズに応えようとすることも必要なのではないでしょうか。

種々の永代供養墓や散骨と同様に樹木葬墓地がマスコミに取りあげられるのは、それだけ新しい形を求めている人が多いことの表れなのではないでしょうか。散骨のあっさりした、ある意味では虚無的なものが格好良いという人もいれば、大地に帰り大地に恩返しをするという思想の樹木葬が格好良いという人がいる、そういう多様な選択肢がある時代になったのだと思います。

樹木葬墓地の契約者はまだ百五十五人ですから、日下公人理事長が指摘したKの一つ、カッコイイという点では、まだまだ、認知されたとはいえません。十年を経た散骨には比べようもないのが実状です。しかし、樹木葬も**今の努力を十年続ければ、散骨以上にカッコイイ選択だと言われるようになる**と確信しています。

そのためにもスタッフ一同努力していきますので、今後ともご支援のほどお願い申し上げます。

（2001年4月25日　第3号）

千坂

白い花への気づき

　脳に腫瘍が見つかり、四十日間の検査入院の後、一時退院し六月の手術を待つ身となった。静養のためには寺を少し離れた方がよいと思い、朝食後、悠兮庵《ゆうけいあん》に出かけ夕刻に戻る生活をしている。

　悠兮庵は寺から十五分、墓地までは十分という双方に行きやすい場所にある。昨年十二月に引き渡しになってから、頻繁に立ち寄るせいもあるが、入院を契機に前にもまして周辺の木々に目がとまるようになった。

　樹木葬墓地では、間伐の効用でヤマツツジが一斉に花を付け、五月の里山を赤で染めた。杜甫の「絶句」にある「山、然《も》えんと欲す」を思わず口ずさみたくなる風景だったが、その色は杜甫詩で想定される桃のあでやかな赤ではなく、むしろ新緑を引き立てるような、控えめでありながら鮮やかで不思議な赤だった。

　五月の現地説明会の参加者は、一目で分かる里山の美しさに感動してくれた。しかし、このヤマツツジの印象の強さのため、目線をあげて木々の上部に白い花が咲いているのを見つける人はいなかった。緑が少しずつ濃くなっている葉が光線を反射しているせいもあろう。

　昨年までの私も、緑に囲まれる清涼感を楽しむばかりで、木々の白い花には注目しなかった。ところが今年は、厳しい病気が発見されたこともあって、一つ一つの懸命に生きる姿に引き込まれる。マルバアオダモ、ウワミズザクラなど今まで名前も知らなかった白い花が、梢高く咲いているのは、密集している中で光を求めてひょろひょろと上に伸びざるを得なかったためだと分かると、いとおしくならざるを得ない。

この「気づき」は、三十年前の修行道場で感じたあの一瞬に似ている。松島瑞巌寺専門道場に入門を乞うしきたりの中で、旦過詰《たんがづ》めという一日中、一室に閉じこもって坐禅をしていなくてはならない時があった。その時、庭先の雑草が生長しているのが分かるような気がした。あの体験とつながる、制約されたいつもとは異なる時間の中でしか味わえないものなのであろうか。

カスミザクラ、エドヒガンザクラなど、里山を彩る春の喜びを謳歌する花の後は、初夏の象徴ともいうべきヤマボウシまで、人々は白い花の移ろいにほとんど注目しない。ウワミズザクラの後は、ミズキ、トチノキ、ホウノキなど味わい深い花が里山に咲くが、農作業をはじめ忙しい時期となるので、多くの人は自然の豊かさにゆっくり浸ることが出来ない。

樹木葬墓地では、チゴユリの可憐な白い花の群落が終わった後、ヤマジノホトトギス、オヤリハグマの葉が目立ち始めた。季節は確実に夏に向かって進んでいる。山仕事の調査中に葉緑素のないギンリョウソウを二カ所で見つけた。色々な植物や動物との出合いで生命の息吹に触れることが出来るのは、何という贅沢であろうか。

「生死一如」という観念的な言葉を使うまでもなく、**自然に抱かれている実感がもてる素晴らしさ**。みなさんにも、ゆっくり体験してみることをお勧めします。

（２００２年６月10日　第８号）

千坂

気づきにくい醜《しゅうあく》悪さ

今年の桜は、大学病院の十四階から「色づき始めたな。」とか「満開になったな。」と独り言をつぶやくように自分に言い聞かせるだけの対象だった。検査が一段落し、ようやく外出を許可され病棟の周囲を散策した時、すでに桜は散り、一面はセイヨウタンポポの世界であった。かつて「杜の都」といわれた仙台も、今は外来植物が謳歌するコンクリートだらけの世界である。このような荒れた自然を憂いながら医学部棟前に来ると、なんと日本種のエゾタンポポが咲いているではないか。わずかに残されている適地にあでやかな姿を投げかけているのに、誰も足を止めてくれない。都会の生活者は身近な自然を見つめる余裕をなくしているのだなと感じざるをえなかった。

ひととき自然に癒され病室に戻り、仙台藩開府当初から寺町として整備した北山越しに一関の方を望んだ。入院して以来、毎日眺めていたのに、雑多なビル群が北山の森を侵食する景色と、百mあるという不動産屋が観光目的に建設した大観音の無機質さが、殊の外、不気味に感じられた。巨大な観音像はバブルの申し子だから、その醜悪《しゅうあく》さは多くの人が認めるところだが、ビル群は通常は下から仰ぎ見るので、屋上の乱雑さは意識しなかった。建坪率の関係でかくも醜悪な都市景観になっていたのに、日常の「慣れ」が景観悪化を感じさせなくなっていたのだ。

退院し真っ先に樹木葬墓地に向かった。新しく買い増した山林の下草刈りと間伐の指示を作業員に与えるためである。そして数日後、作業確認のため墓地を訪れたところ、休耕田の付近に「カキラン」が群生しているとの報告があった。昨年も刈り払いした場所なのに、その時は発見することが出来なかった。恐らく刈り払いの時期が違っているせいであろう。水辺を持つ里山の自然は、人との関わりで微妙に姿を変えているのだ。

毎年変わらず咲く花と、移ろいやすい人間とを比較した詩に劉希夷《りゅうきい》の「白頭を悲しむ翁に代わる」がある。病室から桜を眺めた時、「年年歳歳　花　相似たり　歳歳年年　人　同じからず」という句は明日がどうなるか分からぬ身の上にとってはぴったりするものとして思い出された。しかし、樹木葬墓地でカキランを見ると、唐の詩人は観念的にしか花を捉えていなかったことが分かる。**里山の花は豊かではあるが、移ろいやすく、人間同様、無常の世界を感じさせるからである。**

逢い難き縁に依って、この世に一瞬の生を共にする人と花、この新たな気づきに満足して帰る道すがら、入院以前とは異なる農村風景にハッとした。**不細工なコンクリート電柱の列**が増えていたのである。付近にはすでに電柱があり、新たに設置する必要があるとも思えない。コンクリートジャングルの仙台とは異なる美しい景観を切り裂く人間の愚挙。

文明の恩恵に慣れすぎ、このような愚挙に気づくのは遅れがちである。山野草との出合いは季節の一瞬だから敏感になるが、電柱は毎日見ているためにその醜悪さに慣れてしまっている。美しさよりも、日常世界の醜悪さは気づきにくい。入院体験によって、パンドラの箱を覗いた以上、私は前にもまして「醜悪」なものに対して戦わねばならない。どうも私は阿修羅道に陥る運命のようだ。

（2002年8月10日　第9号）

天下の秋

朝日を受けて銀白に輝く須川の霊峰。ログハウス悠兮庵からの眺めは暦通り冬そのものである。その白い山容を背景に、ねぐらと餌場とを往復する白鳥が眼前をよぎる。生かされていることを実感する至福の一瞬だ。

検査入院を三日後に控えた十一月二十九日、久しぶりで仕事が無く悠兮庵でぼんやり過ごしていると、どうしても自分の生死に思いを致す。「小さいときから病弱で医者との縁が切れないのに、よく五十七年間生きてこれたものだ。」と。「この子は私より生きられないのではないか。」と心配していた母の五十回忌(十一月十日)を終えたばかりなので、余計感慨に耽りやすいのだろう。私の生は短かった母の命の代わりに存在している気がする。

母(右)との少ない写真の一つ
この1年後35歳で逝去した
(右は愛猫タマと妹律子)

昼前、樹木葬墓地に出向き、墓地内を散策した。すると落葉の懐《なつ》かしい匂いがするではないか。地面に敷き詰まっている落葉を踏みしめながら須川の頂上を目指した、十月下旬の昭和湖付近で味わった匂いだ。十一月十日に一関市街地でも十一月としては七十年ぶりというかなりの雪が降ったため、墓地の落葉もしっとりと土になじみ、須川と同様の香りを発したものらしい。

人を和ませる落ち着いた香りとしか言いようのない落葉の匂いは、役割を終えて自分を養った大地への恩返しをしているようだ。

　一方、人間が大地に帰ろうとするときはどうだろうか。香り良くかつ、次世代が感謝する逝き方は難しいのではないか。豊かな物に囲まれた生活は、もはや仏典でいう天（輪廻する六道世界の一つで、最低でも千年の寿命を持つという神々の世界）そのものではないか。天人は人間以上の恵まれた世界に住むが、それ故に死にあたって天人五衰という大変な苦しみを受けるという。その一つが「身体臭穢《しんたいしゅうえ》」というのは象徴的である。天人は自分の命しか考えない故に、死に際して周囲に醜悪な臭いで迷惑をかけるのだ。

　葉が大地に帰る秋は実りの季節でもある。同様に人間も「秋」の時期が必要であろう。陶淵《とうえん》明《めい》が「一葉落ちて天下の秋を知る」というように落葉は秋を凝縮する。天人と異なり、人間であれば、その存在が最も凝縮した形で現れる「秋」を持つよう心がけなければいけないのではないか。

　葉が土に帰るようには、人間は無心に大地に帰ることはできない。**しかし、禅の祖師たちが死に臨んで生きざまを偈頌（ゲジュ、漢詩の一種）で示したごとく、我々は生きざまを別の形で色々演出できる時代環境にいる。**樹木葬墓地はその一助となるためにと考え実現したものである。「棺を蓋《おお》いて事定まる」（『晋書』）という意識を持つ生活をしただけで、次世代にいくらかでも迷惑をかけないですむ。墓地を考える事は、生きざまの「秋」を模索することにもつながるのだ。

（2003年1月1日　第11号）

旧正月

今年の正月は真冬日（最高気温が氷点下の日のこと）が続き、最低気温もマイナス十度を下回り、気象庁の暖冬予想は大はずれとなった。八年前、脳内出血を発症したのもこのように寒い厳しい松の内だった。

東北の家は北海道のように寒さ対策を完全に施していない。部屋は暖かくても廊下に出ると外気温とほとんど変わらない。したがって血圧の高い人は、急激な温度変化を避けるため、こまめに衣服で調節しないといけない。

中世の高僧・虎関師錬《こかんしれん》禅師は、「膚《こしき》の体は冷《れい》沍《ご》にして寝を廃す」（老いて膚のように風が通りやすい体になったせいか、いつも冷えて睡眠もままなりません）という老人の愚痴に「寐《ね》ざる故に夜を剰《あま》し、昼夜多き暇に閑思して自ずから道と遘《あ》う」（寝ることが出来なければ、時間がたっぷりあるので、十分な思索が出来て、真理を摑むことが出来るではないか）と答えた。

知勝院会館内での旧正月行事（達古袋神楽）

老いた体には、青年期、壮年期にはなかった生活が出来るという。しかし、厳しい寒さが続くと「虎関禅師よ、お説ごもっともだが東北の冬は京都とは違い、そうはいかぬぞ。」と言いたくなる。老年になると、東北では寒さに合った特別な対応が求められるからだ。

季節のメリハリでも太陽暦の正月は一年の始まりとは感じられなくなる。日が長くなる実感は喜びには繫がらない。むしろ、これから二カ月、寒さが本格的になることを厭う気持ちが強い。暗黒の減少は前途洋々たる青年に似合うが、くたびれて寒さに弱くなった還暦間近の私の肉体には歓喜をもたらさない。

その点、旧暦の正月は、年々、存在感を増す。雪のない大地が増えてくる様は、「寒さもあと一カ月だ」と、前向きの気持ちを駆り立てさせる。ログハウス悠兮庵からの眺めも黒い部分が増え、しかも、土が軟らかくなっているのがはっきり視覚でも捉えられる。このような季節の降雪で一面の銀世界になればこそ、「山家の富貴銀千樹　漁夫の風流　玉一蓑《さ》」（山も木も川も家も一面の雪景色、見事な景色だ）という世界が少しは理解できる気になる。

禅では、厳しさを風流に転化できる力を求める。しかし、私のように未熟な修行段階のものは、把定《はじょう》（絶対否定）の厳しい世界を放行《ほうぎょう》（絶対肯定）に転回させる力を持ち得ていない。それでも**東北の風土は、季節の移ろいの力で、寒くて嫌な季節の中にある素晴らしさを教えてくれる**。樹木葬墓地のお陰で絶えず自然とふれるため、『碧巌録《へきがんろく》』の「風流ならざる処也《また》風流」という素晴らしい機縁を得ることができるのだ。

誰もが忘れている旧正月、私は一人、ログハウスから雪の雑木林越しに、ぼんやりと須川岳を眺めている。

（２００３年３月15日　第12号）

千坂

日々是《これ》好日

三月末、北上川の河畔林をじっくり観察する機会を得た。一関市から宮城県中田町（現登米市）までの約三十五㎞を巡り、開花と生長を観察するためのサクラの基準木（カスミザクラ、エドヒガンザクラ、ウワミズザクラの三種類）を探し歩いた。左岸は北上山地の崖を切り崩した道路となっているため道幅が狭い。下流側に向かって車を走らせると、山際の斜面にはカスミザクラを発見するものの、川に落ち込む急斜面は圧倒的なケヤキとオニグルミの河畔林の連続である。そのため、かえって数が少ないサクラは発見しやすかった。

当日の指導者は、水沢市（現奥州市）の千葉喜彦氏で、私は運転手役だった。彼の指導の賜《たまもの》で、花や葉のないサクラを見ても、種類を判別できるようになっていたので彼と発見の早さを競えるのは楽しいことだった。視力だけは未だに若いとき同様一・五と遠近どこでも眼鏡なしで見えるため、このような調査は格別楽しい。

さらに、調査では自然をめぐる様々な発見をすることも喜びとなる。今回も、基準木を定めた三カ所でサクラと人間の特徴的な関わりを見ることが出来た。エドヒガンの大木があった旧家には他にもイチョウの大木があった。恐らくご神木的なものとして大事に残してきたのだろう。また、三種類のサクラが同一地区に存在したところは、江戸時代から明治にかけての墓地跡だった。このように立派なサクラは、神仏を敬う庶民の心情によって大事にされてきたことが分かる。一方、道路脇にわずかに残っていたエドヒガンは藤蔓に絡まれ、枝が折れ見るも無惨な姿をさらしている。

　最近の日本人は、「公」の場所を自ら関わる必要性がないところと考えている節がある。その端的な表れが、ツル切りなどの手入れをされず、みすぼらしい姿をさらしている公道脇のサクラとなっているのだろうか。**自分の生活だけに追われ、身近な環境に思いが至らないというのは、誠に悲しむべき現象**といえる。

　青年期の私は、「新しき村」運動を行い、カボチャなどの野菜の絵と共に「日々是《これ》好日」などと色紙にサインする作家・武者小路実篤が平和ぼけのように思われ大嫌いであった。その後、市民活動を実践する中で、彼の理想主義が少しずつ分かるようになってきたが、宮崎県の日向に別天地を求めた活動は未だに肯定できずにいる。桃源郷とまでは言えなくとも、日本にはそれに近い景観のところが各地に多いからだ。

　最近では、武者小路の理想主義とは正反対に、経済至上主義の毒素に犯され、身近な環境の良さを見失っている人が多い。樹木葬墓地のように、荒れたヤブの山も間伐や枝払いなどを行えば豊かな二次林が復活するのである。そのような視点と行動によってこそ、四月のショウジョウバカマ、シュンラン、カタクリ、五月のヤマツツジ、サラサドウダンなど、花の一つ一つを私たちが楽しむことが出来るのではなかろうか。

　水辺空間を持つ里山で、池に映ずる緑や花を眺めながら、「山花　緑水に笑う」（寒山詩集）などと楽しんでいるこの頃、私は武者小路以上に「日々是好日」という平和ぼけに陥っているようである。

（２００３年５月10日　第13号）

小さき世界

メモリアルを二週間後に控えた朝、千葉喜彦氏から電話があった。コロラドに住む牧場主に頼まれ日本庭園づくりをしてきて、昨夕水沢に帰ってきたという。

予定通りの帰国でほっとした。知勝院会館は一部使用できる程度に仕上がってきているのに、玄関や軒下回り、農家風の植栽は彼の帰国待ちで一切手を付けていないからだ。

早速、打ち合わせのため翌日、樹木葬墓地で落ち合った。緊急に行う工事の段取りを決めた後、久しぶりに来年からの使用を許可された現墓地隣接地に向かった。十号の雑感「同級生の森」で紹介した樹種が多い山だ。

十月中旬の里山はセンブリの可憐な白い花が目立った。墓地を始めるときにはほとんど気がつかないほどだったが、林床に光が入るようになって少しずつ増え、四年目になって爆発的な勢いを見せたのだろう。その中を歩きながら目に付いた山野草の花名を質問する。今までならセンブリ以外生えていないと思っていた場所にイチヤクソウ、キッコウハグマ、シュンラン、

キッコウハグマ

キバナアキギリ、ヤマゴボウなどなんと多くの花があることだろうか。また、一度ならず聞いたことがあるのにすっかり忘れているのも多い。

　そのなかで、一〜三㎝の背丈しかないキッコウハグマを知ったことは大変嬉しかった。この花のことは三年前、樹木葬墓地内の樹種調べをしたときに、オヤリハグマ、オクモミジハグマを教えてくれた岩井憲一君が、「キッコウハグマもあるのではないか。」と指摘していたのに今まで気がつかないできたからだ。

　有意義だった散策を終え、樹木葬墓地の入り口に戻った。そうすると、なんと松の木の根本にキッコウハグマが生えているではないか。しかも来年以降は群れをなしそうな勢いである。講演などで「照顧脚下《しょうこきゃっか》」（足下を見つめよ）の重要性を説いている自分がこんな身近な所を見落としていたとは。不明を恥じると共に驚きを感じた。

　今まで数㎝の世界は、目が捉えても脳は反応しない仕組みになっていたのであろう。今回の探索は私の世界を変えた。キッコウハグマという小さな植物との出合いにすぎないが、私の内面世界では大きな転回点になったといえる。まさにダンマパーダ（＝法句経366）でいう**「得るところ少なくても　その得るところを軽ろんずるなかれ」**を実感したことであった。

　翌朝、前日の余韻を楽しみながら鐘を撞《つ》き終え、鐘楼から下る坂をゆっくり歩いた。すると、サツキの根本に白い小さな花、紛れもないキッコウハグマが咲いているではないか。キッコウハグマは毎日私を見上げていたのだ。新年ならずとも、「瑞色《ずいしょく》新たなり」と思わざるを得ない至福の瞬間だった。

　私は、小さな世界を見落としていたことに詫びを述べ、すがすがしい気持ちで寺に戻った。

（２００３年11月20日　第16号）

ソメイヨシノに思う

千坂

今年の大型連休は間伐体験研修で忙しい毎日だった。研修の内容は皆さんがお便りを寄せてくださったので省略するが、初めての開催とあって手探り状態で進めざるを得ず、終わったときは疲労困憊の極みであった。

世間は行楽一色、祥雲寺から悠兮庵に向かう途中、高速道路を見ると車が数珠繋ぎ状態で、運転手はさぞかし疲れるだろうなと同情したくなる有様、その点、当方は全く渋滞とは無縁のスイスイ走行。同じ疲れでも体を使っての疲労が中心なので健康そのものであった。おかげで研修終了二日後の東北大学病院での定期診察では、注意事項を守っているとほめられた。

心身のバランスが良いときは心に余裕があるからであろうか、花や新緑への対応が、脳下垂体手術待ちの時とは全く異なっているように思われる。死と向き合っている切迫感がないためか、花をめぐる文章にも目が留まるようになった。

樹木葬墓地の実践から自然のあり方を多く学んだが、多様な生物が共存していることが本当の豊かさなのだと知ったことで、ソメイヨシノが数百本あるなどという数で圧倒しようとする景観には美を感じず、軽蔑感すら覚える昨今である。しかし、世人がこぞって楽しんでいるのを殊更非難するのも如何なものかと躊躇していたが、河合雅雄著『森に還ろう―自然が子どもを強くする―』で、ソメイヨシノについての文章に出合い、我が意を得たりの感を強くした。

私はソメイヨシノに抱いている不安が何

> であるかに気がついて、ある不可解な深淵を覗きこんだときのような戦慄におののいた。ソメイヨシノは他の桜と違って、すべてクローンなのだと思いついたからである。（中略）日本中のソメイヨシノはみんなクローンなのだ。そう思うと、不気味さに震えあがってしまった。

　エドヒガンとオオシマザクラの交配で作った雑種のソメイヨシノは接ぎ木で増やすしかない。したがって、全てのソメイヨシノは元は一本の木を祖とするクローンなのである。ソメイヨシノだらけの状況を土屋晉山口大学名誉教授も厳しくとがめている。「靖国神社には、数百本のソメイヨシノがあります。境内にソメイヨシノがある宗教施設は、全国にたくさんあります。これらの宗教は、クローンを認めているというべきなのでしょうか。それにしても、人の助けがなければ命のリレーができないソメイヨシノは哀れです。」（臨済宗妙心寺派発行の月刊誌『花園』平成16年4月号）

　花に思いをいたしているとき、ふと、中国長編小説の※『紅楼夢《こうろうむ》』花を葬る詩の名場面、ヒロイン林黛玉《りんたいぎょく》がうたう詩（花を葬る詩として著名）を思い出した。**「一朝に　春が尽き　若きも老《お》ゆれば　花は落ち　人は亡じ　両《ふた》つながら（行方も）知らず」**と結ぶ、この詩の花は桃の花である。国際化の時代、彼我《ひが》の美意識を対比して、サクラにこだわる心情を冷《さ》ますことも必要なのではないだろうか。

（２００４年５月25日　第19号）

※この詩は第27回の最後でうたわれる。
　試看残花漸落　便是紅顔老死時
「見よ春の尽きんとし花散りしきるこれぞこれ紅顔（わかき）も老（お）い死すの時」（伊藤漱平訳）
に続く結句である。
原語は「一朝春盡紅顔老　花落人亡兩不知」とある。

表現できないもどかしさ……

「文化の日」は晴れの特異日ということだが、今朝は昨夜からの雨がシトシトと降り続き、まさに秋霖という語がふさわしい日となった。天気予報では、日本海側の天気が悪いらしい。冬型の気候になるとこのような日が続くので、「いよいよ秋も終わりか」という感慨に浸りながら庫裏から祥雲寺の寺務所に向かった。

寺務所に職員が到着するのは勤務時間の十数分前（八時五十分頃）だが、知勝院に向かう職員との打ち合わせなどもあり、いつものように七時四十分には祥雲寺の寺務所にいる必要がある。

外に出ると雨なのに空が明るい。冬型の気圧配置になると、奥羽山脈が衝立になり、寒気による雪や氷雨は秋田側に降り、一関側には季節風にあおられた一部が飛んでくる状態になる。空が明るいということは、冬型が弱く、一関の市街地に雨雲があまり飛んできていないことを示す。つくづく須川岳に守られている一関の自然の穏やかさをありがたいと思う。その上、須川岳の麓から緩やかにアップダウンを繰り返し、一関の市街地まで張り出している磐井丘陵は更なる衝立となり、寒気団の風から私たちを守ってくれる。

今年は台風の被害もなかったことから、祥雲寺境内のヤマモミジは見事に紅葉している。寺務所の二階から見下ろす表参道脇のヤマモミジは特に素晴らしい。この鮮やかな赤に感動するにつけ、自らその素晴らしさを表現できないことにもどかしさを感じる。

樹木葬のように、人真似でない構想を思い描き実践していくことは得手でも、子どもの時から、図画工作、作文、習字といった表現は全く苦手なのだ。大学で文学を学んでも表現力が身に付くわけでもない。唐詩を学べば、どうしても超えられない表現の前で佇《たたず》むばかりだ。

眼前のヤマモミジは杜牧《とぼく》（八〇三～八五二）の絶句『山行』の名句を思い出させる。

車を停《とど》めて坐《そぞろ》に愛す　楓林《ふうりん》の晩《くれ》
霜葉《そうよう》は二月の花よりも紅なり

旧暦の二月は太陽暦の三月から四月にあたる。中国で、この季節の花といえば真っ赤な桃の花を指す。漢民族の魂を揺り動かす桃よりも、霜にあたったカエデの葉が紅いという、当時の詩人たちをアッといわせた色彩感覚、このような独創的表現は私にとって別世界だ。

ハクチョウが悠兮庵の前を飛ぶ姿に感動しても、「青菰《せいこ》（水草のマコモ）水に臨《のぞ》んで映じ白鳥 山に向かって翻《ひるがえ》る」（王維「輞川《もうせん》閑居」）を思い、青と白の対比の妙に感心するばかりだ。

また、白と青（碧）との対比ということになると、杜甫の絶句「江は碧《みどり》にして 鳥は逾《いよ》いよ白く」という句を思い出し、若山牧水の句と異なり、杜甫詩では空を飛ぶ鳥の白さが碧の水面に映じているさまを表現している～などと思い出すのである。全く散文的といわざるを得ない。

何かを感じているのだが、表現において超えられぬ大きな壁があるようだ。宗教的な境地なら**「説《せつ》似《じ》一物《いちもつ》即《そく》不《ふ》中《ちゅう》」**といい、解き明かすことには限界があると突き放せるのだが……

闊達自在に表現している畏友・玄侑宗久師がうらやましく思われる晩秋の朝であった。

（２００４年11月20日　第22号）

真の豊かさ

千坂

還暦の今年、知命（五十歳）の時とは一味異なった区切りの感慨で正月を迎える。

孔子は、時間的、空間的に限定されている我が身を認識する（「命を知る」）のが五十歳だという。孔子を尊重した中岩円月を研究対象にしたことで、私も、自らの寿命と使命を知る時期としての五十歳をかなり意識していた。その矢先の四十九歳、脳内出血を起こした。短大の専任教授を辞め（特任教授として授業だけを受け持つ）、樹木葬墓地実現に本腰を入れたのも、病気という天命が下ったからといえる。

早いもので、それから十年。後半期は樹木葬墓地の開始、脳下垂体の手術など、画期的だった。その中で、里山の整備を通し、一関の「真の豊かさ」を知り得たのは最大の収穫だった。

私たちの少年時代は貧乏が当たり前で、モノの豊かさは実現しにくい願望であり、「大志」として是認されていた。結果として金持ちの仲間が出来てもさほど羨望せず、貧乏仲間を卑下することもなかった。高度成長期からモノと情報が溢れる時代となったが、私たちの世代は、団塊の世代と異なり、流れに翻弄されることの少ないことが特徴といえる。

しかし、その反面、モノに拘る人に寛大だったことを反省しなくてはならない。いつの間にか、人間関係をモノの尺度でしか語れない人々が輩出されてきたことに無頓着だったからである。精神科医の大平健氏は、そのような人を「モ

ノ語りの人」として紹介する。（『豊かさの精神病理』岩波新書）

　ブランド品でしか個性を主張できない人々の愚かさは、『列子』説符篇にある「多岐亡羊」を思い出させる。多くの情報（多岐）の中で、選ぶべきモノ（羊）さえも確立せず振り回され惑う姿は、羊を探しに行く選択の自由を失って泣き崩れる『列子』の村人に比べ、はるかにレベルが低いと言わざるを得ない。

　このような危機的状況下で、宗教人の果たした役割も猛省させられる。バブルの崩壊と共に「モノよりも心の時代に」ということがよく言われた。**分析的、相対的な価値基準を嫌うのが仏教の本質なのに、モノとココロを二元対立的に見る軽薄的な言説が宗教者の多くに見られたことは誠に残念**なことだった。モノの中にココロを見ることの方が大事なのではないか。

　「足《たる》を知る」ということは、少ないことに甘んじろということではない。今、我が足下にある情況の豊かさを発見し感謝することにある。樹木葬墓地の里山は、高尾山や成田山のような良さはないかも知れない。しかし、彼地にはない別の生態系の豊かさがある。白神山地のようなブナの原生林はないが、シイタケのホタギにするために伐採した後に残るブナと共にあるコナラ、ミズナラ、アカシデ、ウリハダカエデ、ヤマモミジの雑木山は、一関ならではの素晴らしさがある。

　「天地と我と同根、万物と我と一体」（『碧巌録』）であれば、里山の樹木を見つめることは、自己を見つめることにもなる。「木を見て森を見ず」は大局を見失う危険性を戒める格言であるが、私は「木さえ見ない」昨今の風潮により大きな危惧を抱くのである。

（２００５年１月１日　第23号）

千坂

キンコウカ

「キンコウカ」という言葉が一瞬耳に入った。場所は行きつけの「むぎ」である。

昨日（八月二十二日）は松島・瑞巌寺で修行中の次男が暫暇《ざんか》（短期休暇）を取り帰宅したので、他の客とは顔を合わせないですむ座敷で、妻、次男などと餃子を注文し語らっていた時のことだった。

声の主は岩井憲一君とわかった。話しかけている相手は分からないが、どうも須川に登った時のことを話題にしているらしい。壁を隔《へだ》てていることでもあり、その時は帰りしな、「樹木葬通信の締切は八月末だよ。」と声をかけて別れた。

この晩は酒が効《き》いて九時に就寝したが、その頃から降り出した雨は、午前二時過ぎに一時間雨量三十㎜以上の強い雷雨となった。寝てもいられず、愛犬のマロを小屋から玄関の中に移し、雨が弱くなった午前三時半頃寺務所に向かった。

寺務所の前に来ると、どこからか「スィーチョン」と虫の鳴き声が聞こえた。

未明《みめい》の雷雨は、奥羽山脈を越えて流れ込んだ冷たい空気と、連日三十度を超える厳しい残暑で熱された空気との格闘でもたらされたことは明白だ。だから、いよいよ夏も終わりかと、布団の中で漠然《ばくぜん》と考えた後、もう眠れないと悟ったので朦朧《もうろう》とした情態で寺務所に向かったのである。虫の声は、そんなボンヤリしていた気分を一新させた。

「秋声　離心（故郷から離れていて寂しさを感じている心）を撹《みだ》さざる無く」（『斉安郡中偶題二首其二』）と杜牧《とぼく》が詠《うた》うように、木の葉を落とす秋の風は、秋の声そのものであり、何となく寂しさを感じさせる。敏感な神経は五感を研《と》ぎ澄《す》ます。

今年はじめて、八月上旬、須川《すかわ》に登った。お花畑ではキンコウカが須川の夏を演出していた。尾根近くの沢筋ではハクサンシャクナゲとコバイケイソウが盛りで、尾根ではお目当てのハクサンシャジンがタカネアオヤギと群落をなし澄んだ青色を朝露に濡《ぬ》らしていた。

これらの夏を彩《いろど》る花の他、ミヤマホツツジも咲き始め、山の秋到来を告げていた。その瞬間以来、些事《さじ》に忙殺《ぼうさつ》され「秋」を忘れていた。

初夏の訪れを実感させるのは六月下旬のカッコウの鳴き声だが、秋は紅葉に圧倒され、聴覚で季節を感じにくい。私も例外でなく、虫の声、鳥の声、風の音に鈍感になっていることを「スィーチョン」は教えてくれた。

鬼才といわれた詩人李賀《りが》は「桐風《とうふう》心を驚かし壮士苦しみ　哀燈絡緯《すいとうらくい》（キリギリスの類）寒素《かんそ》（月のこと）に啼《な》く。」（『秋来』）と、秋風の音に死を予感する。彼ほどの鋭敏さではなくとも、耳根《にこん》で拾える世界を広めたいものだ。

岩井君の「キンコウカ」という一言が須川の花々を想起させ、磐井川でつながる樹木葬墓地の広い世界に思いを馳《は》せさせてくれた。**小さな高山植物一つでも、世界の全てに関連しているはずだ。華厳経《けごんきょう》の「重々無尽の縁起」**を思い返した未明であった。

（２００５年９月７日　第27号）

音

「意余りて　言葉足らず」自分の表現力不足を自認するもっとも適切な言葉である。

学生時代から、国語、英語、図画といった表現と係わる科目が好きになれず、勉強しなかったため、情報化の時代を迎え困っている。

表現力不足を補うために、早口で言葉を多く繰り出すようになった。ある人は、このような多弁を以て、論客と称するが、買いかぶりもおびただしい。与えられた時間内に、自分の主張をまとめられないため、言葉が多くなるだけなのだ。

このような欠点を直そうとするのだが、一つの構想が浮かんで実践に移るや、また、別の考えが浮かびという具合で、じっくり一つに取り組む事が出来ないでいる。寺の仕事、短大の授業、ＮＰＯの活動と、行動を分散していることが悪いのかもしれない。

このような性格だから、『維摩経《ゆいまきょう》』での「維摩の一黙」にあこがれるのかもしれない。文殊菩薩などを論駁する維摩居士だが、最大の表現が「黙」というのは驚愕だ。

鹿野苑《ろくやおん》での、釈尊とかつて苦行を共にした五人との出会い、いわゆる「初転法輪《しょてんぼうりん》」でも釈尊の内面から出る凛々しさが、最大の説法だったのだろう。思わず拝みたくなるという経験は誰にでもあることだ。私は自然に対しそのような感慨を抱くことが多いが、偉大な人格は偉大な自然に匹敵するのだろう。

自然の中から仏法の真理を見いだそうとする「無情説法」は、樹木葬墓地を媒介にして活動する知勝院のテーマでもある。自然から学ぶことは難しいが、自然の色や声から色々知ることは出来る。

秋の間伐研修で薬師岳に登山し、その帰り、岳川沿いの滝を見ることになった。車を降り、河畔林を歩くと、セミの鳴き声が聞こえる。エゾゼミに似ているが少し違う。時期的にこれはコエゾゼミだと確信した。四〜五年前、須川登山の際、山頂近くの稜線でコエゾゼミを拾った経験が生きた。それはメスだったので、鳴き声は初めての出合いだ。

私は興奮を抑えながら、このセミの事をみんなに紹介したが、全く無反応だった。単なる虫の音でなく、滅多に出合うことのないセミの声として聞かなければ、感動にはつながらない。エゾゼミさえ知らない人に、コエゾゼミのことを言っても分からないのは当然だ。

この感動は全く正反対の世界を思い返させた。それは、青森県の県紙「東奥日報」の記者S氏と飲みに行ったとき青森市のスナックで出会った聴覚障害を持つ美女ホステスN嬢のことである。彼女は、私の口の開きで、発言を理解しようとするのだが、早口で口をはっきり開かない私の話し方は理解できないという。このときほど自分のしゃべりを反省したことはない。

聴覚障害者と触れ合うことのなかった私は、音のない世界に生きる人々の事を、我が事のように感じることはなかったのだ。彼女との短い出会いで、私の音に対する感受性は大分変わったように思われる。

耳が遠くなり、単語が出なくなり「アレ、アレ」と連発する年頃になった。それ故に、かえって、自然の発する音の意味、人々の発する苦悩の声に鋭敏にならなければと思う。

唐代の天才詩人李賀は、様々な人や自然からの「哭《こく》」を歌い上げた。彼の音に対しての鋭敏性は驚くべきものがある。神に捧げる紙銭が燃えて突風に音を出す様を次のように詠う。

紙銭は窸窣《しっそつ》（めらめらと燃える際の音）として、旋風に鳴る

彼ほどの感受性、表現力は諦めるとしても、**音を声として受けとめる感受性だけは持ち続けたい**ものだ。

（２００５年11月５日　第28号）

たかが正月　されど正月

お正月を迎え、気持ちを新たにする好時節となる。忘れかけていた干支が意識されるのもこの時期ならではである。

丁亥《テイガイ》の二〇〇七年は、火の性質の弟分・丁《ひのと》と水の性質の亥《い》の組み合わせである。そこで、昔なら、火（日照）と水（降雨）との強弱云々ということが話題になっていたであろう。長い間、新しい年の稲作の出来が日本人最大の関心事であったから、占いは生活と係わっていた。岩手県花巻市の「タロシノ滝」では、氷柱の太さで、今年の豊作を占う。

これらの微笑ましい占いと異なり、近頃のテレビ局が重用する占いは問題が多い。占星術、風水などは現代では迷信というべきであるが、古来から蓄積した技術を利用すれば、人生相談を有効に行う一助になることは否めない。

ところがテレビ局が使う占い者は、「祟り」などの言葉で視聴者を惑わすことが多いと聞く。知勝院の現地説明会、相談会などで、テレビでこう言っていたからと話す人が最近出てきている。「継承制度（嫡男優先）を守らないと悪いことが起きるとテレビで言っていますがどうですか」と相談する人が出てきているのもテレビの影響らしい。

最近は日本社会が経験したことのない人口減少期に差し掛かってきた。現今は「今までの檀家制度はやがて崩壊する」という見方が、多くの宗教者から出ている。そういう情況の中で、寺側は、如何にしたら信者を獲得できるか努力し、一般人は反対に、寺院との付き合いを出来るだけ避けようとしている。まさに、混沌とした時代といえる。

このような社会の変動期では、将来が見通せないことからくる不安感が社会に蔓延し、占いや新興宗教などが流行する。特に、明日が分からない人気商売の芸能人は高圧的に預言する人に弱い。高齢者の不安感に同調するように、「脅しに弱い芸能人と高圧的な占い師」の組み合わせによる番組が今日も続く。

劇場型の小泉政治をもてはやしたテレビは、短いフレーズで人様の将来を断定する占い師をも好む。しかし、私たちは騙されてはいけない。占い師たちも自分の明日は分からないのだ。

生老病死の「四苦」を見据えることが出来るのが人間であるが、**四季の循環を楽しむことは人生の妙味**である。したがって、一休禅師に仮託された句のように、正月を「冥土の旅の一里塚」とアナーキーに捉えることもない。まして、「日々是好日」として、一日一日を精一杯生きておれば、テレビに登場する占い師などに左右されないで済むはずだ。

私は旧暦の正月や二十四節気の立春の方を楽しみにしている。それは寒さからの解放を実感できるからだ。しかし、世を挙げて太陽暦の正月を祝っているなら、何とか体調をキープし、みんなと同調したいものである。「たかが正月、されど正月」と言ったところであろうか。

寒さが厳しくなる時節なので、皆さんがご健康でありますようご祈念申し上げます。

（2007年1月1日　第35号）

千坂

猛暑に思う

今年はペルー沖でラニーニャが発生したという。赤道付近の海水温が下がるこの現象が起きると、対流によって、フィリピン付近の海水温が上がり、太平洋高気圧が発達するとし、気象庁は長期予報で今年の夏は高めの気温に推移すると発表した。

ところが七月に入ると梅雨が長引き、今度は、今年の夏は冷夏という予想に切り替えた。確かに、北東北の梅雨明け宣言は八月一日だったので、訂正した予報が的中したかに思われた。

しかし、一関の場合、七月二十三日から梅雨が明けた情況となった。私は私的に梅雨明け宣言をした。アブラゼミ、ミンミンゼミが一斉に鳴き出し、気温が三十度以上の日が続いたし、天気図から見ても確信できた。

梅雨前線は朝鮮半島から新潟付近まで続き、本島内陸部で切れ、鹿島灘沖でまた発生している変則的なものだった。このようなときは、ヤマセの勢力が弱く、オホーツク高気圧が送り出す冷気は、北上高地を越えにくい。一関が連日二十七度から三十度の気温なのに、太平洋に面する宮古市などは十七～二十三度の最高気温という気象条件の差は、オホーツク高気圧のあり方を体験しているものにとっては、ごく常識的である。

つまり、ヤマセの影響で三陸沿岸、北上高地では夏到来と言えない時でも、岩手県内陸部は夏到来と宣言できる情況になり得るのである。

梅雨明けという大きな気象現象でも、岩手県を一括りにできない。中央発の気象庁長期予報の危うさは、「科学」の危うさと同様、ローカルを見通せない危うさでもある。

暑い夏、冷夏と変更した気象庁予想を嘲り笑うように猛暑になり、セミの大発生となったが、そのことは、全くセミが鳴かなかった平成五年の冷夏を思い出させた。

その年は、秋彼岸前に気候が回復したわずかの間に数匹のミンミンゼミが鳴いた。数日で連れ合いを見つけ出せるか心配し、このセミをかわいそうに感じたものだった。

しかし、樹木葬墓地に着手して十数年。動植物の生態を以前より意識的に見つめてくると、季節はずれのセミの持つ重要な役割がいくらか理解できるようになった。

盂蘭盆でなく秋彼岸に孵化したセミは、季節を間違えた「バカなセミ」ではなく、季節変動に対応して種を維持するため欠かせない存在であったのである。この年の夏に孵化した多くのセミは寒さのあまり子孫を残せないで死んでいっただろう。


自然界の大きな変動に対応して種を残すためには、「変わり者」が必要ということは、同じ地球上に生きるホモ・サピエンスのあり方に示唆を与える。

このように、宗教的な意味づけをせずとも、生態学的観点でも、人間界の「弱者」を大事にすべきことは明白である。しかるに、最近は「市場万能主義」の拝金主義がまかり通り、社会的弱者を軽視する風潮が強い。地域のあり方でも、大都会だけが栄え、地方は切り捨てられていく。一極集中は、種の問題に置き換えると、富栄養化が進み、多様な山野草が生えなくなり、少数の植物が占有する里山に喩えられる。このような情況は「美しくない日本」と言えよう。

私たちは高齢化の進展と共に、誰もが弱者になる時代を迎えている。弱者の立場から、「美しい日本」という言葉が聞こえるようにしたいものだ。


（２００７年９月１日　第39号）

千坂

湿地保全運動の挫折

今年は平泉の歴史遺産がユネスコ「世界文化遺産」に登録される可能性大として、岩手県が熱心に「浄土思想」を学ぶようＰＲしている。これは既報でも述べたが、事前調査の機関「イコモス」が、住民にどれだけ浄土思想が浸透しているのかを尋ねたことによる。単に仏教遺跡というのでなく、浄土思想が創りだした遺跡という売り込みをしたため、イコモスの質問となった訳だが、ここをしっかりケアしておかないと指定に支障が出ると睨《にら》んでの岩手県の対応なのであろう。

このような対応に異をとなえる必要はないが、それだけで終わっては税金の無駄遣いというものであろう。奥州藤原氏栄華の跡、平泉の遺跡、遺物について学ぶことが「浄土思想を学ぶこと」ならば、歴史を学ぶことと異ならない。

そこでは、平泉は遺跡のある土地、中尊寺・毛越寺は遺物との位置づけにしかならない。

むしろ、**今問われているのは、藤原氏が平泉のどうような景観に浄土性を見たかという点**である。それを知るためには、かつて藤原氏が感じた世界がどのようであったのかをイメージする力が必要である。また、浄土をこの世に現《あらわ》したいという願いをかなえるための経済力と軍事力はどこから生まれたかを自分なりに藤原氏の住まい跡に立って考えることも必要である。

この二点がどうも等閑《なおざり》にされている。さらに言えば、藤原氏がチャレンジした「この世の浄土」を再現しようとする地域づくりの声が出てこないのも問題であろう。

金色堂、毛越寺の庭園など、「東北王」たる権力者の造ったものを再現することは、岩手県レベルの経済力では困難である。そのような事情を知るからか、住民サイドは、現代の「浄土」を造ろうとしない。浄土性は絢爛《けんらん》たる伽藍がないと駄目だと自分たちで決めつけているのではなかろうか。

束稲山《たばしねやま》から登る月が平泉館《ひらいずみのたち》の池に映る初夏、そこにはホタルが群舞していたかもしれない。また、金鶏山《きんけいさん》に夕日が沈む春・秋の彼岸に無量光院の池は黄金色に染まったであろう。素晴らしい景観の中にある建築物だからこそ浄土を感じさせるのである。権力者が選び取った土地は、伽藍が無くとも景観に優れていることを肝に銘じるべきである。

このように自分たちでも出来る「この世の浄土づくり」を志向しないことは、経済、軍事に適した土地であったことを理解しないことにも通じる。

一関、平泉地方は、奥羽山脈から延びる磐井丘陵帯が北上高地に続くために、北上川は両岸に山が迫り、急に川幅が狭くなるため、ボトルネック状になっているこの辺りの上流部は洪水常襲地帯となっている。この大湿地帯は平泉の防御に貢献しただけではない。運輸の面から言えば、ここは河口の石巻に続く北上川航路の第二の港としても重要だったのである。人を阻む地理的条件は軍事的防御の面だけでなく、運輸の拠点としても働くのである。

今、この重要な大湿地帯が岩手県の土地改良区事業で姿を消そうとしている。私が提唱した旧磐井川による残存湖を保存するようにとの願いも簡単にお払い箱となった。歴史的な遺産を作った自然は、その母体となった故に歴史的な意義を持つ。それを無視する行政に遺産を云々する権利があるのだろうか。

残存湖の消滅は平泉文化の成り立ちを示す証拠をも消滅させるに等しい。このようなことを許す力の前で、私は誓った。「久保川のことをやるしかない」と。

（2008年3月1日　第42号）

千坂

思考停止の日本

四月十八日(土)に名古屋を訪れた。新幹線の車窓から見る東海地方の景色は、一関より半月も早く濃さを増した新緑だったが、注視すると大変荒れている。一見、緑の林らしく見えるところは、大半が竹林で、雑木林でも竹が入り込み、やがて落葉広葉樹は姿を消すであろう事が読み取れる情況なのである。

竹林は竹細工の材料や食料としてのタケノコ採取に利用している間は、間伐され美しい景観となる。京都の嵯峨野などでは美しい竹林景観が見られる。しかし、全国的に大半の竹林は厄介者となって放置されている。手入れされない竹林は、地表に日光が届かず草本類が全く生えてこない。一関地方の植林された杉林が放置され荒廃している姿と二重写しになった。

このような感慨に浸ったのは、名古屋市で開催された財団法人森林文化協会主催の「にほんの里フェスタ」に参加する途中だからである。このフェスタは、今年、森林文化協会などが制定した「にほんの里100選」を記念すると共に、これらの里に続く各地の里地、里山の活性化を促すねらいがあったようである。100選に選定された地域から多くの人々が地場産品を持ち寄り参加していた。

パネルトーク「里の力　再発見」では、選定委員の三人がスライドを使い合計七カ所の里を紹介した。嬉しいことに、私が係わっている萩荘地域が最後に紹介され、しかも、他地域の紹介スライドが二枚なのに、萩荘に関しては五枚も紹介された。いかにこの地域が期待されているかが分かり、興奮を抑えることが出来なかった。

このパネルトークの最後には、「寅さんの似合う里」という題で講演した映画監督山田洋次氏（100選選定委員長）も登壇し、パネルトークの感想を語った。その際、会場から事前に集めた質問に答える中で、面白い返答がなされた。質問は「どうしたら、今回紹介された地域のように多様な生態系が保全出来るのでしょうか？」という趣旨であった。それに対し山田氏は「そういう事はこちらで聞きたいのです。皆さんで考えて下さい。」とまことに簡単明瞭なものであった。山田氏の回答は、現在話題になっている「思考停止」社会への直截《ちょくせつ》的な答えであったと思う。

確かに、自分たちの地域の問題は、自分たちで考え、自分たちで解決していかなければならないのに、行政まかせの傾向が日本社会に蔓延しているように私も感じている。

山田氏への質問者同様の思考傾向は、我が一関地方の「世界文化遺産」騒動にも見られるのではないか。ユネスコの世界文化遺産に登録されることが、自分たちにとって、どういう意味を持つのかを議論することなくお祭り騒ぎをしているのは、「思考停止」以外のなにものでもない。

観光地としての知名度アップを狙うのなら、ユネスコの世界遺産にさほどこだわることはない。むしろ先日発表されたミシュランのグリーンガイド・ジャポンの評価などを気にした方が良いのではないか。残念ながら町としての評価は、松島が三つ星、塩竈が二つ星、仙台、平泉が一つ星であった。しかも、松島では三つ星、二つ星が約十カ所あるのに、平泉は三つ星が金色堂のみで、他は一つ星の所ばかりである。

ミシュランの評価に対する異議は、各方面でなされている。しかし、外国人が私たちの地域をどう見ているかを考えずに、観光客増を図ることは出来ない。**日本人は互いの欠点に触れないことが多い。それは日本人の美点でもあるが、ともすれば、現実直視をしないことにつながる。**厳しい「照顧脚下」が求められる昨今である。

（2009年5月25日　第49号）

無知の善意

千坂

月遅れ盂蘭盆を過ぎると朝晩めっきり涼しくなる。墓地内の散策も暑さをあまり気にしなくても良くなる。至るところ咲き誇るヤマジノホトトギス、咲き始めたオクモミジハグマ、シラヤマギク（九月五日現在）。しかし、この会報が皆様の手に届く頃にはサワギキョウ、オヤリハグマの最盛期へと移り変わっているであろう。虫の集《すだ》く声を聞くと何となく追想の気分になるのは、日本の四季のしからしむるところであろうか。

ことしの夏も面白いことが多かった。東京大学大学院の調査に水生昆虫を専門にしているN氏が新たに加わったので、久保川イーハトーブ世界の今まで知らなかった姿を教えて頂いた。夜に懐中電灯でため池の生き物を見るというのは新鮮な感動を覚えるものである。また、夏毛の鮮やかなテンと三回遭遇したり、ノスリがスズメを襲っているのを初めて見ることが出来た。これも調査に同行しているせいである。

このような調査で知り得たことは単に知識を増やしたことなのではない。博物的な知識は自分の拠り所である地域の縁をより深く知ることに役立つ。

修行道場では「知識を捨てろ」とよく言われる。この場合の「知識」は分別知、相対知と言われるもので、一般的な分析をもととした知識のことである。臨済宗の公案（問答のために師匠が課す問題）による修行は、知識偏重の行動に疑念を持たせることから始まる。他（対象）と自己が一体化する「入我・我入」の世界を体験することで、周りの世界（縁）と自己との関わり合いは一層明確になる。自分を取り巻く縁と一体化しても、自己の存在は他のものに埋没するのではない。この禅的境地は自然・社会と、ゆったりと「和」していても、絶えずその変化に素早く対応できる鋭敏な感受性を要求する。所謂「活発発地」である。**禅でいう一体感は、無自覚で漠然と自然と一体となっていると感じる日本人的自然観「マン・イン・ネイチャー」とは全く異なっている。**

日本の自然はかつては少々の収奪を行っても再生する余力があった。このため日本人は、山菜や山野草を取ることに罪悪感を持たない。一関地方でも各地で山野草展などを開いているが、そこで展示されているもののほとんどは盗掘したものであろう。盗掘の果ては山野草の絶滅をもたらす。せっかく豊かな生態系多様性に満ちた地域に居ながら、自分たちでその豊かさを掘り崩している。

また、身近に鮮やかな色彩の在来種の山野草がありながら、農家の人はガーデニングなど外来種を好む傾向が大変強い。私などはベニバナヤマシャクヤク、コウホネ、フシグロセンノウ、ヒツジグサ、サワギキョウ、トリカブト、ノカンゾウなど、在来種でも鮮やかな色彩があるので、それらが保全される自然、盗掘されない社会環境をつくるほうが素晴らしいと思うのだが、どうも農家の人は在来種に関心を持たないのである。

外来種、園芸種は色の濃いものが多いし入手しやすい。しかし、そういう花々に慣れることは味の濃いコンビニの弁当ばかりを食べ続け、味オンチになることに似ている。

その結果、オオハンゴウソウ、セイタカアワダチソウなどの外来種が持つ在来種を駆逐する危険性には全く関心を持たなくなる。かえってそれらを大事に残している人が多い。

無知による「善意」の行為ほど怖いものはない。無知に陥らないためには絶えず自然から学ぶ必要がある。「久保川イーハトーブ自然再生協議会」の活動は、その意味で有り難い存在なのである。

（2009年9月28日　第51号）

発見のおもしろさ

かつて私は十四世紀の禅僧が書いた漢詩などを研究していた。しかし、短大の仕事とかけもちの一関・祥雲寺の法務も次第に忙しくなり、十分に研究対象に浸りきることは出来なかった。せいぜい一年に一度、短大の研究紀要に論文を載せるだけであった。それも研究者ならば、一年に一回は最低でも論文を書かなくてはならないという消極的な理由からであった。

十四世紀の禅僧は、中国の古典に通じ、中国語を操り、日本社会で宗教的役割だけでなく政治指南役をつとめていた。したがって、中国古典の知識、漢文読解力、十四世紀の中国、日本社会の政治社会構造を知らなくては彼らを理解出来ない。その上、彼らは深い禅的体験を得ているはずなので、たいていの文学研究者はその面でつまずいて誤訳したりしていた。

久保川

私は全ての面で未熟であったが、毎冬三カ月ほどは、個性的な禅僧の詩文に食らいついて分析していた。そうすると従来の研究論文では見落とされていたものに気づき始めるのである。約十年間の短い期間ではあったが、自らの頭で考え、新しい「発見」をすることは誠に重要なことであると感じた。この経験は、祥雲寺の寺興し、久保川流域の地域づくりに大変役立った。

地域づくりで一番大事なことは、自分が現場に行き、自分の目で見て、自分の頭で考えることである。とかく現代人は、インターネットで手軽に情報を入手出来るので、成功例などに飛びつきやすい。成功したところは、土地、人、情報発信など様々な要因が絡み合って出来たのであり、成功例のオンパレード的なモノカルチャーの情報からだけで、自分たちも真似して出来るだろうというのは浅はかな考えといえよう。

私が久保川流域の地域づくりに向かったのも、NPO法人北上川流域連携交流会などの市民運動に参加して自分の目でわが故郷の実態に触れたことが大きな要因になっている。勿論その前提には、祥雲寺周辺の里山や寺下を流れる小川（吸川）の水質悪化など、環境悪化により自分が取り組もうとしたことが出来なくなっているという「飢えた」精神情況になっていたことがあった。

つまり、何か行動に移さねばならないという意欲があった上に、NPOの運動を通して一関の自然の素晴らしさを「発見」出来たので、現在の「久保川イーハトーブ世界」への道のりが開かれたのである。

今回ノーベル賞を受賞した根岸栄一氏は、恩師の言葉「小さなドングリも大きなカシになる。」を大事にし、**発見の重要さ**を強調している。

彼ほどではなくとも、自然に触れると様々な発見をする。「久保川イーハトーブ世界」は、**発見のおもしろさ**を数多く提供する地域といえる。多くの人に、「久保川イーハトーブ世界」の景観を楽しんでもらい、生き物との出合いを通して何らかの発見をしていただきたいものである。

（2010年11月20日　第60号）

千坂

日本の危機に思う

東日本大震災時の揺れは初めて体験する巨大さであった。三年前の「岩手・宮城内陸地震」と三十三年前の「宮城県沖地震」の激しい揺れ双方を経験しているが、今回は、「一体大地はどうなるのだろう？」と一瞬考えたほどであった。

しかし、祥雲寺はかなりの被害があったものの、知勝院は各施設ほとんど被害がなかった。（庫裏ボイラーのセンサーが壊れ風呂が使えなくなったのが唯一の被害）一関市内では電気、水道がストップし、全市的な回復まで時間がかかったが、知勝院施設は点在しているので、回復に時間差があり、一方が電気は通じても水道が出ないとき、一方では水だけは出るといった具合だったので、生活に困ることはなかった。三日間避難した知勝院庫裏は、水道が通じていた（四日目から断水）うえに、電気が通じなくてもオンドルで床暖房が出来るので、寒さを感じさせない快適温度で暮らせた。

二日目に発電機で電気を起こし見たテレビの津波映像は、全国民が感じた圧倒的迫力で深刻な情況を知らせてくれた。ラジオで告げられ想像していたものの、映像の力はさすがと感じさせた。

私は普段はテレビを見ない。食事の時家族がテレビをつけているので、その際受動的に見るだけである。今回もその例だったが、テレビの情報量と迫力には感心するものの、やはり、いつものように紋切り型、横並びの報道姿勢にはうんざりしたことも事実である。被害のすさまじさ、被害者の厳しい情況を伝えることにより全国から多くの義援金が寄せられ、ボランティア希望者が続出するのはテレビの功績であろうが、「日本は強い国」と毎日食事のたびに聞かされるのにはうんざりする。

　また、この非日常的な映像を毎日伝え、日常化することに違和感を覚えるのである。このようなことを続けていけば、被害者に対する同情は維持され続けるだろうが、私たちが取り戻すべき日常についてはかえってマイナスではないかと思うのである。

　平安時代前期の貞観津波を例に、三十年以上前から今回のような津波に備えるべきと訴え続けてきた仙台市の民間津波研究者飯沼勇義さんを政治家、行政、マスコミは全く無視してきた。十年前からは地層の分析から科学者が貞観津波の存在を立証し警鐘を鳴らしてきたが、その傾向は一向に改まらなかった。

　原子力発電所をめぐっても同様に経済評論家内橋克人氏などが詳細な調査報告を行い危険性を訴えてきた。しかし、**「原発安全神話」を作り出した巨大な力によって、マスコミは押さえ込まれてきた。**高速増殖炉もんじゅの失敗をみても、プルトニウムという人類が創り出した「鬼子《おにこ》」をどこの国も制御できていないのに、日本だけが出来るように報道し続けてきた事は素人判断でもおかしいと感じる。ＭＯＸ燃料などを使用するなど論外である。このような情況を許してきた私たちも責任の一端を負わなければならない。

　かつて江川紹子氏はオウム真理教の危険性を上梓（『救世主の野望』）したが、マスコミはそれを無視し、犯罪が明らかになってから彼女を招くようになった。宗教者でも、江川氏の本を読んでいる人はほとんどいなかった。相撲での暴力問題もしかりである。「国技」などと持ち上げ悪しき封建的要素を容認してきた**一部マスコミの存在を許したのはほかならぬ庶民なのである。**

　私たちはマス（大量）の報道だけでなく、地道な調査にもとづく著作に目を向けていかなければならない。自分を守るためには、自分で考えることしかないと銘ずべきである。

（２０１１年5月25日　第64号）

少ないお金でも心豊かな生活を

東日本大震災による一関の被害は大分回復してきました。祥雲寺から知勝院に通う道路も八割方は改修工事が終わり、以前のようになめらかな走行ができます。

しかし、一般家庭には大工さんがなかなか回ってこないようです。依然として壊れた個所を覆う青いシートがあちこちで見受けられます。公共工事優先のため、個人住宅の改修工事が盛んになるのは来年を待たなければならないでしょう。祥雲寺の本堂、会館は、知勝院坐禅堂、美里研修所、祥雲寺副住職用住宅、寺務所…を手がけた業者がお盆前まで改修を終えてくれました。

「いつも使わせていただいているから」ということで、「本堂、会館は直しましたが、位牌堂、土地堂《つちどう》(祥雲寺の鎮守堂)、駐車場は、しばらく待って欲しい」との次第。大工さんが来るのを、今か今かと待っている多くの方を考えれば、「それらが終わったらまたよろしく」としか言えません。じたばたしても仕方がありません。

九月は秋彼岸、秋研修が終われば、行事としてはメモリアルだけなので、じっくりと大震災にも向き合っていこうと考えています。

畏友・玄侑宗久師は、国の「東日本大震災復興構想会議」委員として、会議では宗教者の立場と、原発(師の住む三春町は原発から四十五㎞)近くに住む立場で、種々提言したとのこと。(師による報告は月刊『寺門興隆』八月号に掲載されています)この**「構想会議」では、〝つなぐ〟というキーワードで、新しい社会の実現を目指すことが綴られています**。具体的な施策は「専門家会議」で練られるようですし、県、市町村で復興計画が作られつつあるので、私が云々する次元ではないのですが、**最近の動きを見ていると不安になることがあります。**

それは「復旧復興」の名の下に、旧来型の公共工事だけが行われるのではないかということです。現在は未だ悲しみの中にあり、〝復興〟というかけ声は、厳しい現実直視を追いやります。この機会に、おらが町を以前にも増して立派にしたいという気持ちは各自治体に強いようです。その気持ちは分かるのですが、九月十七日に仙台市が示した震災復興計画の中間案を見ても、私の不安は解消されません。

一番の問題点は、東北の良さを活かす長期的観点が欠けているように思われるからです。東北は就業の場は少ないのですが、米、魚、野菜など食料は身近にあり工夫次第で〝お金をかけない〟生活ができる利点があります。ライフラインといわれる電気、上水道、下水道、ガスなども、自前の小水力発電、飲料としての沢水、井戸水利用、広い土地を利用したバイオトイレ、間伐材を利用した燃料…〝お金をかけない〟ための資源は豊かなのです。

また、津波で凶器となった電柱と電線を地中に埋設し、広い空を取り戻し、陥没した地域をビオトープの湿地公園として、生態系の多様性を取り戻せば、三陸の海と里地里山の複合的な生態系の豊かさは多くの外国人を招く観光にも役立つでしょう。

これら**生態系サービスを活用すれば、原発や石油、石炭、天然ガスに頼る「オール電化」を理想とする生活と、東北地方は決別できる**のです。

岩手日報九月十九日(共同通信配信)で、岩槻邦男氏は、「震災からの復興が急がれるからといって、昨年秋に名古屋で開かれた生物多様性条約の第十回締約国会議(ＣＯＰ10)で論じられた生物多様性の持続的利用の視点がほとんど忘れ去られていることに危機感を覚える。」と述べています。まことに同感です。全国一安い最低賃金(一時間六百四十五円)の岩手県ですが、**少ないお金で、心豊かな生活**が出来ることを実証していきたいと思います。

(２０１１年9月25日　第66号)

同年代の死に思う

過日、某出版社から福祉の観点で墓地を捉えたものを書いて欲しいという依頼がありました。福祉というと、今までは葬式、墓地とは関係ないと敬遠されるのが普通でした。

ところが『死生観を問いなおす』(ちくま新書)などで著名な福祉の専門家である広井良典千葉大学教授と対談した縁(『現代宗教2010』秋山書店に掲載)から、広井教授の推薦で執筆依頼がきたものです。

少子高齢化社会は、多死少子化時代と呼び変えても良いのが実情でしょう。したがって、広井教授は福祉を考える上で、死と葬送の問題を抜きにすることは出来ないとします。

私が樹木葬墓地を発案したのも、自然に触れることによって得られるものが福祉的なものとつながると考えたからです。「福祉は介護」とイメージするのは福祉を狭く捉えることにつながります。福祉を文字通り広い意味の幸福と捉えたとき、〝死生観〟を諦《あきら》めることは従容《しょうよう》として旅立つことにもつながるので、死や墓地の意味を考える事は晩年の幸福な生き方(＝福祉)に通じることともいえましょう。

このような意識で論文を書き始めた矢先、見知らぬ人から本の贈呈がありました。不審に思いながら開封してみると、中にあったのは、かつて一度だけお会いしたことのある学習院大学教授中村生雄氏(私が会ったときは大阪大学教授)の遺稿集(『わが人生の「最終章」』春秋社刊)でした。

氏が祥雲寺を訪れて樹木葬墓地について聞き取りをしたのは七~八年前になるでしょうか。夏の午後薄暗い祥雲寺会館でお話ししたことは鮮明に記憶に残っています。

当時は散骨をすすめている「葬送の自由をすす

める会」の安田会長が、私の事を悪《あ》し様《ざま》に非難していることが伝わってきていました。氏はその会の理事もしていることを話し、しかし、理事全員が会長と同じ思想ではないとも付け加えました。

　中村氏は民俗学を踏まえた日本思想関係で業績を残しました。そのこともあってか、葬式仏教にも一定の理解を示していました。この遺稿集でも「かつての日本社会には、地縁・血縁の濃い〝つながり〟が存在した。それゆえに仏教は、現実世界の人間関係についてはその〝縁〟にゆだねておけばよく、相手にするのは死者だけでよかった。〝有縁〟の死者である先祖と、それ以外の〝無縁〟の死者を供養することが、〝葬式仏教〟の最優先の役割だった。」（194頁）と記しています。つまり、かつての日本でつながりが存在したことを氏は大事にしているのです。しかし、**無縁社会の到来で、仏教はその役割分担を失った以上、今までのような葬式仏教のままではいけない**としているのです。したがって「現にある〝無縁社会〟に仏教者としてかかわろうとする関心も意欲も見えてこない。」と、既成仏教に厳しい言葉を発したのです。

　氏は希望により故郷静岡の駿河湾に散骨されました。やはり故郷との〝つながり〟を重視したのです。散骨を選択したのですが、安田会長のようなアナーキーな考えとは異なっていたのでしょう。遺稿集で「40億年にわたる〝いのち〟のリレー」とか「私の〝いのち〟が私だけの〝いのち〟ではなく、誰かの〝いのち〟とつながっていること…」と述べているのは、まさに私どもの樹木葬墓地の理念と合致するのではないでしょうか。

　一関市萩荘の**「久保川イーハトーブ世界」は、人間と多くの動植物との〝つながり〟が実感できる〝さとやま〟です**。墓石の代わりに木さえ植えれば樹木葬だとか、桜の木を中心に植え周りの芝生に骨甕のまま埋める集合墓が「樹木葬の一種」だとかする樹木葬の名を利用するまがい物と決別するためにも、〝いのち〟のつながり、生物多様性を重視する姿勢を今後も強めていかなければなりません。


（2011年11月15日　第67号）

千坂

鯰《なまず》絵に思う

東日本大震災から一年以上が経過し、被災地住民の集団高台移転をはじめとする各自治体の計画がまとまりつつある。さらに三陸海岸近くを縦断する高速道路計画も着工が決まり復興需要が高まっている。大きなお金が動くので、建設・土木関連業界は好景気にわき、仙台の飲み屋街は大分賑わっているらしい。

地震災害後の復興景気については、江戸時代から鹿島明神のお札を中心とする「鯰絵《なまず》」を思い出さずにはいられない。

地震などの「震」は、陰陽五行説では、木の性質と考えられ、方角では東に属する。日本海溝のプレート境界で起きる地震が多いことから、江戸時代の人々も地震の源は東方にあると感じていた。まさに、陰陽五行説に合っていたのである。そのため、鹿島明神の要石《かなめいし》は、陰陽五行説の「金剋木《きんこくもく》」(金属の要素は木の要素に勝つ)の「金」そのものと信じられ、吉野裕子著『陰陽五行と日本の民俗』の絵に見られるように、要石が地震を起こすと信じられていた大ナマズを鎮めている絵が見られるのである。

地震は怖い。しかし、生き延びた人間にとって、とりわけ職人にとっては復興景気は喜ばしかった。江戸で流行した「鯰絵」は、最近取り上げられることが多いので聞き及んでいる人もいるだろう。(最近では「生物多様性JAPAN」が発行した『災害と生物多様性』の中で、北原糸子氏が取り上げている)震災復興にわく江戸の町、花魁などと戯れる姿を描いている「鯰絵」は、まさに、現在日本、とりわけ仙台などの姿と重なって見える。

私たちは、科学の発達により多くの知見を学んできた。しかし、国、東京電力が行って来た「お金の力で地震、津波、テロ攻撃などの危険性を軽視し封じ込める政策」に、いつしか感性、知性を麻痺させてきたのではなかったか？

また、政局しか考えていないような見苦しい政治情況……

情報化社会の到来で、全世界の政治、経済、環境問題を知ることが出来るようになったが、それらの情報は政治などに活かされているのだろうか？

日本人全体が抱えている借金は、ギリシャ、イタリア、スペインよりもはるかに膨大である。国債を抱えている層、GDP比較など種々の面で南欧の国々とは違うということで、国債利率は低く収まっている。しかし、借金総額が大きいので、スペイン並みに六％の利率になったら、国政は成り立たなくなる。このような情況が到来したとき、日本はどうなるだろうか？

「日本の経済はまだまだ大丈夫」などという論議は、貞観津波を知りながら、それを無視し、原発の安全神話を作り上げてきた政治、経済状況とどこか似ているのではないか。

もはや、**私たちは国などを中心に巻き散らかされる情報に一喜一憂せず、ギリシャのように年金、福祉の切り捨て、税金増などが襲ってきても生き延びることが出来る自衛策を考えておかなければならない。**

そのためには、原発、ガス、重油などによる電気（これらは出費を伴う）に頼らず、地場のエネルギーによる生活環境の整備をすること。地場産品による食料の確保を実現すること…などが必要とされよう。

知勝院は、十年後には襲って来るであろう経済状況にも耐えうることができる方策を模索しているのである。


（２０１２年５月10日　第70号）

千坂

平泉ナンバーは「ノー」

近年、偏西風の蛇行規模が大きくなり、中国、欧州、米国などでは、今まで雪がほとんど降らなかった地域に大雪が降ったり、猛烈な熱波が襲ったりと地球温暖化の影響を強く印象づける気象を引き起こしている。

八月九日の東北北部豪雨では、秋田県鹿角市で最大一時間雨量一〇八・五㎜、岩手県雫石町で七八㎜と猛烈な雨が降り、秋田県仙北市では、深層崩壊による土石流で六人が亡くなり、岩手県でも二人が亡くなった。秋田県によれば、避難指示・勧告が出ていたとのことだが、現地まで情報が届かず惨事となった。

情報が住民まで届かないのは、連絡システムが悪いせいもあるが、それ以上に行政の不作為によるところも大きい。3・11で、気象庁のスピーディは原発の爆発による放射能雲の広がりを捉えて画像化していた。それなのに、政府は国民に知らせず、飯舘村民などは、誤った方向に避難してしまった。また、原子炉のメルトダウンも「心配ない」の繰り返しであった。

主権在民の憲法なのに、政治家、行政は「民は寄らしむべし、知らしむべからず」が良いと考えているようだ。特に戦後の55年体制と呼ばれる一党支配下、政治家、官僚、財界（あるいは農協）によるスクラムで、ほぼ、独裁的な政治を長年続けてきたことが、民を考えない独善的な政治家や官僚を生んできたのだろう。

麻生財務大臣が「騒がしくない中で憲法を変えたい」とするのも、「俺たちがやることにガタガタと文句をつけるな」とする本音から出たのであろう。

55年体制を変えたいとした民意を裏切った民

主党のアマチュア政治に助けられ大勝した自民党だが、その得票率は有権者の二〇%台に過ぎない。これらの情況を見ると大半の国民は、政治に期待しなくなっているといえる。しかし、**社会情況に無関心な人は最後に痛い目に遭う。**多数派をねらう人々は、自らの政策を実現したい時、都合の悪いところを選挙などで説明せず曖昧にするからだ。

例を「ご当地ナンバー」制にとる。この導入で、一関市民は「平泉」ナンバーを強制されることになった。商工・観光関係団体が署名運動をした成果だが、署名した人の多くは、有力者に頼まれたからしたのであって、積極的に望んだ人は少ない。また、たいていの人は、望む人だけが「平泉」ナンバーを付ける選択制と思っていた。強制と分かっていれば、多くの署名は集まらなかったはずだ。

八〇〇年前の奥州藤原氏は、偉大な遺産を残した。その遺産は、確かに平泉にあるが、平泉地域の自然環境の悪さは、むしろ奥州藤原氏にわびるべき状態である。「平泉の遺産」は素晴らしいが、「平泉」は好ましい環境ではなくなっている。

平泉が今日のように観光地化が進んでいない時だったが、宮沢賢治は平泉には修学旅行時の一度しか来ていない。その時、すでに生きものたちの輝く世界ではなかったのだろう。だから、現在の平泉の環境を見たら賢治はそれ以上に嘆くであろう。**私たちは、多くの生きものたちと共生する賢治が理想とした「イーハトーブ世界」を目指すので、観光しか考えない低次元の「平泉ナンバー」は「ノー」なのである。**したがって、今後、知勝院の車は、宮城県美里町の研修所所有か、花巻市大迫の桂宮庵所有にすることになる。

しかし、大半の「平泉」ナンバーをノーとする人は、甘んじて「平泉」ナンバーを付けざるをえない。このように議論を徹底せず大半の人が「知らないうち」に何かがきまる情況は危険と言わざるをえない。麻生氏の発言とどこかイメージが重なる出来事であった。

（2013年9月10日　第78号）

千坂

農薬づけ日本からの脱出を!!

今年一月三日、「欧州食品安全機関（EFSA）は、ネオニコチノイド系農薬のうち二種類が、低濃度でも人間の脳や神経の発達に悪影響を及ぼす恐れがあるとの見解を発表した」との報道が各紙で掲載された。ニコチン類似構造を持つネオニコチノイド系農薬は、毒性が非常に強く、有機リン系農薬では死ななかったミツバチなどの大量死を引き起こし、欧州では一部で使用禁止になっている。

マルハニチロの群馬県工場での農薬混入事件で使われたのは、有機リン系農薬で、サリンの原料ともなるこの成分は生物に大きな影響を与えることから、その代替として登場してきたのがネオニコチノイド系農薬である。当初は害虫の神経組織を破壊するものの人には無害との触れ込みであった。しかし、ヘリコプターでの空中散布で学童への被害が出た七〜八年ほど前から、その危険性は顕著になっていた。また、昨年は日本の学者（木村—黒田純子、黒田洋一郎）が雑誌『科学』（六月号、七月号）の二カ月にわたり詳細な論文を掲載し、成長期の子供の神経細胞（シナプス）に影響を与え、学習不適応児などを生む原因となっていることを知らせた。

この論文が出ても、日本国内の反応は顕著でなかったし、今回のEFSAの発表後も政治が農薬規制に乗り出す姿勢が見えて来ない。かえって、規制緩和の名のもと、ゆるめる動きがある。同志社大学浜矩子教授が「アホノミクス」と呼ぶ、目先の利益ばかりを問題にし、未来を担う子供たちの健康に無関心な政治家ばかりしか目立たないのは論外である。生命がむしばまれている若い世代に、それを押しつけた大人が、倫理、道徳ばかりを強制するのはいかがなものか？

また、**私たち市民も、経済成長が幸福をもたらすという「信仰」に振り回されることはやめようではないか。**まして、原発がないと経済成長や現在の生活水準が保たれないなどとする「おどかし」にも屈することなく、未来世代に負の遺産ばかりを残すような先祖になることは避けたいものだ。

樹木葬の目標は「生きもの浄土」である。単位面積でネオニコチノイド系農薬の残留濃度は、米国、日本が他にぬきんでて高い。この情況を放置すれば、私たちの周囲からトンボ、カエル、メダカなどが消えていき、人間の身体もむしばまれていくだろう。今起きているのは水俣病以上の日本全体に及ぶ生命の危機である。私たち市民一人一人が声をあげて、農薬づけ日本の弊害を是正するよう努めようではないか。

（2014年3月1日　第81号）

ニホンミツバチの生態を説明する藤原愛弓博士

トンボ天国めざして

皆様からお寄せいただいた寄金（久保川イーハトーブ・トラスト運動）で買い求めた知勝院近接地では素晴らしい自然再生の活動が進められています。

この土地は、約百m^2の住宅跡地の背後が小高い丘陵になっており、そこは新しい樹木葬墓地として整備する予定です。（現在、第三墓地となっています。）

水田跡は二種類あり、一つは谷地型、もう一つは棚田型です。谷地型水田跡は日照り時でも途切れない沢からの水で絶えず湿っており、機械を使うことが難しい条件です。

一方、棚田は自然斜面に機械を入れて人工的に水田にしたようですが、水が抜ける土質のため、早くに稲作を放棄して畑として使用した跡が残っていました。いずれにしても放棄して四十年以上経過しているとのことですので、谷地

ビオトープ造成

型水田跡は湿地特有のヤナギが繁茂する植生に、棚田跡はササ、ススキ、マツなどが優先する藪になっていました。

ここを墓地と一体の水辺公園とするために昨年十一月からササ、ススキの刈り払いを始めとする整備を進めています。

第一期の目標は、トンボが出てくる前に、トンボの産卵できる小さな池（ビオトープ）を造ることで、自然観察会で講師をしている千葉喜彦氏（東日本造園）に依頼し、現在三つの池が完成しています。

知勝院が目指しているのは、人間だけでなく、他の生きものも地球に生かされていると実感できる自然を後世に残そうということです。

この地域はトンボが六十六種類確認（現在は七十種類を確認）されていることが示すように生物多様性に富むのですが、安心できない状況が進行しています。

十五年前、樹木葬墓地を始めた頃は、アカトンボ（アキアカネ）の大群舞が見られたのですが、最近は群舞が見られるものの「大」ではなくなっています。

前号でも述べたように、その原因としてネオニコチノイド系農薬の影響が疑われていますので、ラジコンヘリコプターでの農薬空中散布の影響が及ばない所に積極的に水辺環境を造ろうとしています。

幸い、近年は東京大学大学院保全生態学研究室の協力を得て、作業前と作業後の環境の違いを科学的に調査（モニタリング）していますので、今度の自然再生事業は面白い成果が期待できそうです。

生きものが多い豊かな自然は、人の心を癒やしてくれます。自然再生事業は広い視点で福祉とつながっているのです。

（2014年5月15日　第82号）

既成のワクにとらわれない

六月五日に梅雨入りした関東地方を追いかけるように、翌日六日、東北南部と北部の梅雨入り宣言が出されました。例年ですと、梅雨前線の北上が急速に進まないために、東北北部の梅雨入り宣言は南部より数日遅れるのが普通です。また、年によっては東北北部に梅雨入り宣言がなされないまま秋になってしまうときもあります。ところが、今年は東北南部と同じ日に梅雨入りとのことでした。

ところで、一関は東北南部、北部どちらでしょうか。東北南部が、福島県、山形県、宮城県ですので、岩手県に属する一関は北部ということになります。仙台から東北一円に放送される気象情報では、岩手県は、内陸、沿岸北部、沿岸南部に分けて発表されるので私たちは、内陸の天気予報を見て活動することになるはずです。

しかし、一関市に住む人々は、岩手県内陸の予報よりも仙台地方の予報を見た方が良い事を知っています。同じ岩手県の内陸と言っても、一関と北部の二戸市では一八〇㎞も離れています。一日一便だけの乗り換えなしの東北新幹線でも、一時間十二分、早朝のその便を逃すと、

ソーラーと風力利用のトイレ

盛岡で乗り換えるため二時間以上かかる遠方と一関が似た気候条件で有るはずがありません。一関は伊達家藩領の支藩であり文化的に盛岡など岩手県北部とは異なるから殊更《ことさら》、違いを強調するのではありません。

ＮＨＫテレビの天気予報で雨雲の時間的推移をご覧なって下さい。気圧の谷や低気圧は上空の偏西風の影響で、鳥海山付近から八甲田連峰を結ぶ線上を進むことが多いのです。したがって、須川岳が衝立になり一関には雨が少なく、八甲田連峰の手前に位置する岩手県北部は雨が多くなります。

このように県による区別がほとんど意味をなさない時もあるわけです。既存の区分けが如何に便宜的であるかを知ると、一関の今後のあり方を考えるとき、岩手県とか東北という作り上げられたイメージに縛られていては何事も成功しないことが分かるのです。

私がマクロな気象情報を踏まえながらも、行政による仕分けにとらわれないことは、グローバル化の波に地方を巻き込ませないことに通じるのではないでしょうか。

ＴＰＰというアメリカによるグローバリズムの名の下に行われる新自由主義の押しつけは、小泉政権以来深刻になってきた貧富の差をますます激しいものにするでしょう。政治、マスコミはこぞって「競争、成長」をあおり立てます。

しかし、**田舎（地方）では、経済成長がなくても暮らしていける**のです。反グローバリズム、脱成長を唱える識者も多くなってきました。私たちはＧＤＰ（国内総生産）に貢献できなくても、地域に根づき地域を守る事に生き甲斐を感じているのです。樹木葬を選んだ多くの人々が、「久保川イーハトーブ世界」の事業にご理解頂くことを期待しております。

（２０１４年7月10日　第83号）

「森の防潮堤」は東北の自然を破壊

七月十三日、岩手日報の「いわての風」という欄に、私の論説が掲載された。その主要な論点は、津波によるガレキを地中に埋めて、その上に土盛りし、常緑樹の苗を植えるという宮脇昭横浜国立大学名誉教授が提唱する「森の防潮堤」運動の危険性を訴えるものだった。

論点としては、第一に、地元以外から大量の苗を調達しているので、遺伝子の攪乱を招くということである。

第二に、日本学術会議が今年四月にまとめた海岸林再生への提言は、「波打ち際近くでは常緑広葉樹の生育が思わしくない。」と提言しているのに、樹木の生態、主に塩害との関係を無視して植樹していることである。

第三に、「常緑広葉樹は根が深くまっすぐ伸び土を保持する」（宮脇氏の宮城県での講演）というが、ポットで育てられた苗は、樹木を支える根（直根）を切り、栄養を吸収する側根が重視されるので、「常緑樹でも直根が奇形根になっている」（山寺吉成元信州大学教授）ため風水害に弱く、防災には向かないということである。

そして、結論として「むしろ大震災後、実生の松などが順調に生育できる環境を見守ることが大事であり、**しょせん、人間が人工的に地形などを変えて造ったものは、それが森であろうと脆弱な防災機能しか果たさない**ことを知るべきなのである。」と述べた。

宮脇氏はかつて森林生態学で大きな功績を残

した人という。そのせいか、政財界や官界にファンが多く、政治力で強引に「森の防潮堤」を進めている感が強い。
しかし、私は郷土東北の自然がずたずたにされるのに我慢できない。過去に偉大な業績を残した人であるなら余計晩節を汚すような自然界に対する暴挙はやめて欲しいものだ。

（2014年9月5日　第84号）

久保川イーハトーブ世界での植樹祭

植樹祭では企業（ダンロップ東北）のＣＳＲによる参加も

観光立国と外国人の目

最近、観光に関する記事が多くなってきた。国連世界観光機関（ＵＮＷＴＯ）二〇一四年の報告では、世界の観光産業は、全世界ＧＤＰの九％を占めるという。成熟社会の日本は、産業における生産性向上はほぼ限界に達しているので、観光立国が課題となってきた。

このような情況を受け、政府も観光に力を注ぎ始めた。しかし、政府の戦略は、「おもてなし」「治安の良さ」を強調するなど筋違いのものが多い。肝心の観光地を抱える自治体も、従来型の発信に重きを置く観光政策を継続し、現今の問題点を直視していない。むしろ外国人が日本の観光政策を厳しく見つめている。

デービット・アトキンソンは、『新・観光立国論』で「日本人は観光業に対して、考え方が軽い」とし、さらに次のように述べる。

世界遺産の登録を目指す動機にも違和感を覚えます。十分に人が来るように魅力を磨いて、発信して、成功したものなら世界遺産登録も納得できますが（中略）登録されたら観光客が自動的にたくさんやってくるだろうという安易な発想は、外国人として受け入れがたいものです。

彼は観光地の「景観がきたない」例として、京都を挙げている。同じ事をアレックス・カーも『ニッポン景観論』で指摘している。私も、平泉を例に挙げ、たびたび具体的な「きたなさ」を指摘しているが、行政は全く聞き入れない。世界遺産の風景にふさわしくない高圧線鉄塔や町中の電柱と電線、無機質なコンクリート護岸、統一感のない町並み、暑くて足が痛くなるアスファルトの歩道、はびこるセイタカアワダチソウなどの侵略的外来種植物、…これらの改善なしに、「平泉の日」制定、自動車のプレートへの「平泉ナンバー」の導入など、情報発信ばかりを重視した取り組みが目立つ。

いくら金色堂などの遺跡が素晴らしくとも、今のままではリピーターが訪れることは無いだろう。それ以上に怖いのは、マーケティングしすぎて「評判ほどの魅力のない、供給者側の都合を優先した観光地」として伝聞されることである。即ち、**「実際に行ってみると、写真どおりでなかったと観光客がガッカリする」ツーリスト・トラップの観光地と見なされるのが怖いのである。**

世界遺産登録の効果は三年という。四年目から観光客はガタンと減るそうである。今年、平泉は四年目に入っている。幸い、花巻温泉、八幡平、十和田湖、奥入瀬渓流などの温泉と、紅葉を楽しむ台湾など南国からの観光客が平泉に立ち寄るので急激な観光客減は避けられるかも知れない。しかし、今のままの景観と自然では、そのうち素通りされてしまうだろう。

私たち「久保川イーハトーブ世界」では、平泉を他山の石として、自然再生と景観の保持に取り組まなければならない。「日本は一㎢あたりの動物、植物の数でいえば、実は世界一を誇っているのです。」という情況を守ることは、樹木葬墓地の永続性を保障することにつながるからである。

（2015年9月1日　第90号）

文化的視点で草花を見よう

現在四人の女性が雨の日以外の平日、毎日、墓地で選別的草取りを行っている。

選別的というのは、墓地内で優先的に生い茂り、小さな草本類の花を咲かせなくする可能性の高い木や草を選んで抜き取っているということである。

具体的には、木ではタニウツギ、リョウブ、草ではヒヨドリバナなどのほか、畑の雑草メヒシバなども墓地内に入らないようにしている。

さらにアメリカセンダングサ、ヒメジョオン、セイヨウタンポポ、シロツメクサなどの外来種も抜いている。墓地内では草刈り機で刈り払うことはしない。機械を使って刈り払うと地面にくっついて葉を広げている牧草類、セイヨウタンポポ、ヒメジョオン、シロツメクサだけが、日照を独占し、刈り払い後にどんどん光合成を行い地下茎に栄養分をため込むからである。草刈り機で刈り払っていると綺麗に見えるが、そこには多種類の草は生えてこない。

私たちの墓地は、知らない人が見ると草ボウボウと感じて美しいと感じないかも知れない。八月に北海道から視察に来た人々もインターネットで知勝院のホームページを見たとき、ずいぶん草ボウボウだなと感じたという。

しかし、私の説明と、選別的草取りをしている女性達を見て、日本在来の植生で満ちているこのような自然を残すことは自分達では出来ないと感慨をもらした。

知勝院の樹木葬墓地は、「日本一のさとやま」と称しているが、正しくは、「生物多様性では日本一」というべき所なのである。

私たち人類は昆虫などから進化した遺伝子を持つので、チョウやハチを誘引するために色鮮やかに花を咲かせるものに心惹かれるのは生物としての本能といえる。

したがって、花の少ない季節に色鮮やかに咲くオオハンゴンソウ、セイタカアワダチソウも、その侵略性（日本在来の草花を駆逐する性質）を知らなければ本能的に美しいと感じるだろう。樹木葬墓地のある「久保川イーハトーブ世界」では、まだ数が少ないのでわざわざ畦畔の草刈りでもそれらを残している人がいる。

しかし、宮城県や平泉町の道路、堤防周辺にセイタカアワダチソウがびっしりと生えているのを見れば、黄色一色のモノトーン世界を美しいと感じる人はまずいないだろう。

それは荒れた土地に生えているからだが、何度もセイタカアワダチソウの群落を見ていると次第に望ましくない花であることが分かってくる。

このように成熟した日本社会では、**本能的美観に頼るのでなく、学習による文化的美観を持つ人が増えてほしい**のである。皆さんも墓参の時は、セリバオウレン、センボンヤリ、センブリ、キッコウハグマなどの小さな花に目を向け、「選別的草取りでこれらは生かされているのだなあ」と感じるようになっていただければ幸いです。

（２０１５年11月1日　第91号）

「にちょう生活」のすすめ

千坂

最近、「地方創生」とか「一億総活躍」とかの言葉が飛び交っているが、どうもその本質は経済を活性化するためという面が強調されているように思われる。

そして消費税を上げる一方、法人税を下げているのは、大企業が儲かれば、その影響がやがて小企業や地方に及ぶというトリクルダウン説を政治家が信じているからであろう。

しかし、トリクルダウンが起きないことは米国で実証済みだし、私のような高齢者は年金が減らされる一方保険金などが値上げされるので、出来るだけ物を買わないように自己防衛をするだけである。

このような高齢者と、派遣でしか職を得られない若者が増えているので、消費を増やして景気を良くしていこうというのは、庶民目線から見て無理と分かる。それなのに、どうして政治家たちは、金融政策だけで二%の物価上昇ができるなどと考えるのだろうか。

先月、私は現在執筆中の本の取材で原宿を通ったが、猛烈な人の多さで圧倒された。そこで実感したのは、こういう風景しか見ていない政治家が多いから、過疎化している地方の実態が理解できないだろうなということであった。

私はこういう政治の情況を憂えているだけではダメで、庶民は自己防衛をしなければならないと考え、「にちょう生活」を勧める事にした。

二つの「チョウ」とは、重複《ちょうふく》のように重《かさ》なるという時の本来の読みを利用した考え方である。

従来は、高いお金でマイホームを手に入れざるを得なかったために、その不動産価値に縛り付けられていて、それ以外の土地との係わり方が薄い傾向にあった。それを改め、その町の他に第二の町を持つように勧めるものである。具体的には知勝院が始めているボランティアのように、「久保川イーハトーブ世界」を第二の町として、しばしば宿泊していただくということである。

万一、関東大震災のような事態が起きたときの備えにもなるし、地方の活性化にもつながる。二つの町が重なるので、二重《ちょう》なのである。このような考えをもっと進めたものに二重住民票がある。これは原発のメルトダウンによって避難を余儀なくされた人々のことから考え出されたものである。

こういったことをまとめた本は、六月までには出版したいと頑張っています。

完成の暁にはぜひ、お求め下さい。

（２０１６年３月５日　第93号）

知勝院の研修施設　悠兮庵《ゆうけいあん》

千坂

阿修羅の嘆き

最近、一週間に一～二回は、祥雲寺と知勝院の間、約十五㎞を電動自転車で往復している。その訳は自分専用の車が無いためである。

土曜日、日曜日と雨で草取り作業が中止の日は、祥雲寺近くに住む草取り作業員の二人が休みなので、知勝院への通勤用の車を、私が使うことができる。この車は、知勝院の契約者Wさんが廃車にしたものを譲り受けて作業員専用としたものである。

土曜日、日曜日には墓参者から生花を依頼されていることが多いが、一ノ関駅前にある花屋さんは知勝院まで届けてくれないので、一度祥雲寺で私が受け取って作業員用の車で知勝院まで運ぶ。（現在は別の生花店が知勝院まで届けてくれます）

知勝院住職を引退している身なので、給料なしのボランティアでこのようなお手伝いをしている。創業者なので経営に負担をかけることはしたくないので、知勝院の費用負担でのマイカーは持たないようにしている。また、年金だけの生活なので自分で車を買う余裕もない。

やせ我慢で貧乏を楽しんでいるのではない。**高齢になれば、出来るだけ余分なものをそぎ落とすべきと考えている**からだ。岩手県男性の平均寿命は七十九歳、健康寿命は七十一歳であり、七十一歳の私はいつお呼びが来るか分からない情況に置かれている。

したがって、壮年期とは異なり、家族や知勝院関係者にお世話になる時のことも考えざるを得ない。このようなことを他人に話すと「まだまだ、そんな歳ではないですよ」と言われる。しかし、先のことは誰も知り得ないのであるから、余生は後世の人たちのために働きたいと思うのが霊長類の本質ではないかなどと考える。

こんな時に、私より大分年下と思うが、紛《まご》う方《かた》なき老人としか見えない東京都知事が自分のため（家族を含めているか？）しか考えてない行動をしたことは、言いようがない寂しさを感じる。怒るべきなのだろうが、そういう人物を担いだ政党、彼を選んだ東京都民が、こぞって「セコイ」と非難する様を見ているのが「寂しい」のである。

この会報が届いた頃には、参議院の選挙結果が出ているだろうが、いずれの勢力が勝とうが、原発や日本国の借金をどうするかなど、後世の人々のための議論が十分になされず、アベノミクスとか目先の経済問題だけ調子の良いことを言っておれば庶民は支持するのだと言わんばかりの風潮が「悲しい」し「寂しい」。

また、電動自転車で知勝院に向かう道で、ログハウス近くに来ると道沿いは外来種のブタナとヒメジョオンの行列、これまた「悲しい」。しかも、そのあたりには辛《かろ》うじてウツボグサ、ノハナショウブが残っている。しかも近くはアズマギクの群生地なのである。健気《けなげ》に残っている在来種を残そうとしない所有者ばかりなのも「悲しい」。

しかし、嘆いてばかりはいられない。知勝院に着くと多くの在来種が待っている。ここで私は阿修羅の悲しみから解放されるのである。

（２０１６年７月10日　第95号）

セミが教えてくれたもの

千坂

日の出前、ボンヤリと明るくなってくる窓越しにカナカナと聞こえてくるヒグラシの合唱は、六十三年前に逝去した母親と共に暮らした私の幼児期を思い出させる。

寝ぼけた状態の子供にとって、墓地のある裏山から間欠的に、しかも波状的に響くヒグラシの声は幻の世界から届けられた音のようだった。

一方、昼間のセミの横綱はエゾゼミ、大関はミンミンゼミだった。これはセミ取りをするときの捕えがたさと、形状や声の大きさから、子供たちが位置づけたものだ。

夕方になると、本堂前の庭に小さな穴が出来る。羽化に向かうために地中にいたセミの幼虫が地上に出るために作った穴である。ここでの主役はアブラゼミで、彼らが最初に作った針穴ほどの時は、アリの穴(今振りかえるとハンミョウの穴だったかも)と見間違うし、暗くなっているので、ほとんどの子は簡単には見つけられない。しかし、私の視力は二・〇以上だったので、どの子供よりも早く見つけることができた。

このような恵まれた自然の中にいたが、私は虫好きの少年にはならなかった。藪をかき分けて虫取りをするより、部屋でボンヤリと自然の中に包まれながら本を読む方が好きだった。

しかし、部屋から聞いていたためか、かえってセミの鳴き始めの時期や鳴く音には敏感になった。樹木葬墓地を始めて十八年、生態系などを学習したことがなくとも、老年期に至り自然の働きを少しは理解できるようになったのは、少年時代の経験が役立っているのではないか。

ログハウスの林では約十年前に、知勝院では五〜六年前からツクツクボウシの声が聞こえるようになった。一関市より四十km北の北上市では北上川河畔で二十年以上前に既にツクツクボウシが鳴いていた。温暖化で適地が北上していることは明白である。北上市より南に位置する「久保川イーハトーブ世界」であるが、奥羽山脈の須川岳（別称・栗駒山）に近いための寒冷気候が到達を遅らせたのだろう。ところが、一関市街地を流れる吸川《すいかわ》近くの祥雲寺では、いまだにツクツクボウシの声を聞かない。

恐らく吸川はコンクリート護岸で固められ河畔林も全くないからであろう。河畔林の存在がツクツクボウシには欠かせないと推測されるのである。

温暖化現象は喜べないが、**豊かな植生は昆虫類にとって重要である**と教えてくれた「久保川イーハトーブ世界」でのツクツクボウシであった。多くの気づきを与えてくれるこの環境をいつまでも保全したいものだ。

（2016年9月1日　第96号）

国の絶滅危惧種、ヒメギフチョウ

百号に思う

千坂

三月下旬から四月にかけて雪が消えると動物たちの動きが活発になります。

三月下旬、知勝院を出てすぐの金山沢橋を渡ると、車に驚いたトンビが道路脇から飛び上がりました。なんと、トンビは好物の蛇をつかんでいました。

四月に入ってからは、知勝院を出て橋と反対側の道路で若いキツネを見かけました。また、墓地内の散歩ではイタチと出合いました。

私はこの会報が届く頃満七十二歳になっています。加齢のせいで厳しい寒さの季節は体調が思わしくないことが多く、最高気温が十℃を超えると「やっと春が来たな。今年も生き延びることが出来そうだな」との感慨におちいるのです。それ故、厳しい冬を乗り越えた若いキツネを見ると「これからも頑張って生きて行けよ！」と、同志的感情で、心の中で叫けばずにはいられないのです。

三年くらい前でしたか、岩井憲一知勝院総代長に刷り上がった会報を渡しながら、二人で一献傾けていたとき、健康に自信のない私は思わず「百号まで頑張りたいなー」と声を出しました。それに対し、彼は「もっと大きく百歳まで目指すくらいの目標にした方が良いのでは」とコメントしたことを覚えています。

その岩井君は入院中ですが、二人共に今回の百号にたどり着きました。次の目標は樹木葬を始めて二十周年になる二〇一九年にかけて行われる記念事業に参加することです。

知勝院の樹木葬は、「日本初の樹木葬」として確固たる地位を占めていますが、十八年も経過して樹木葬の名称が広がるにつれ、本来の目的である「久保川イーハトーブ世界」全体を聖なる空間とするための樹木葬というコンセプトが外部に伝わりにくくなっています。

私が樹木葬を通して創り上げたかった「久保川イーハトーブ世界」は、武者小路実篤氏が起こした「新しき村」運動に刺激された面があります。ただし、私は所与の地域にある自然を生かすことが大事だという立場なので、彼のトルストイ的博愛主義を全面に出して精神共同体的として自然に向き合うことには批判的でした。

なぜなら、**すでに日本の「さとやま」には美しい自然があり、それに一般の人々が気づかないだけだ**と考えていたからです。教条主義的に自然に向き合うよりは、自然の豊かさを「感じる」ことから地域に向き合う方が良いと考えていたのです。

残念ながら力不足で、私の主張は十分に世間に認められているとは言えません。しかし、研修を通して「久保川イーハトーブ世界」の素晴らしさを認め、ボランティアに参加する人が増えてきましたし、生態系の豊かさを中心に取材する報道機関が増えてきました。

二十周年の記念行事が開催される時には、「生きもの浄土の里」としての「久保川イーハトーブ世界」は広く世界に認められることでしょう。それまで健康に留意して皆さんとお付き合い出来ることを楽しみとしていきます。

（２０１7年5月10日　第１００号）

為政者の品性の劣化を憂う

岩手県の県紙、岩手日報「いわての風」欄に四カ月に一回、約一七〇〇字で日々の思いを載せている。八月六日付は、久しぶりに禅語を引用した。

それは毎日新聞に掲載された作家**柳田邦男氏**の論説に触発されたからである。柳田氏は、安倍首相が熱心だった道徳の教科化が二〇一八年から始まることを踏まえ、その新学習要領「道徳的な判断力、信条、実践意欲と態度を育てる」といった項目と安倍首相自身の言行との乖離を指摘するために次のように述べる。

もし（安倍首相の言動を）道徳の模範とするならば社会人になって、自分にとって都合の悪いことが生じたら「記録はありません。記憶にもありません」と言えばよい…

このような言動が安倍首相的道徳なら、彼が主導した道徳との乖離は明白である。そこで柳田氏は、

この国のあり方が権力者の傲慢さによって揺さぶられ、倫理的に転落の危機に直面している…

として危機感を表明している。私も同感で、国民の代表者たる議員を指さしてヤジを飛ばしたり、「そもそも」という誤解釈を長々と話すな

ど無教養さぶりなどは聞いている方が恥ずかしくなる。しかし、それでも四割を超える支持率があるというのが不思議でならない。

その原因の一つに私たち一般人が持ちやすい言行不一致に対して寛容な姿勢があるのではないか。どこの世界でも正論を唱えると「まだまだ若い」とか「空気を読めないやつ」と言った評価を受けやすい。つまり総論より各論、全体の利益より会社や個人の利益を優先する新自由主義的風潮が日本社会を覆っているせいではないか。

私たち禅僧は、修行道場で行動に結びついているそぎ落とした鋭い表現を求められる。のろまでグズな私は道場では叱られるばかりだったし、幼少時から話す、書くことは苦手だったので研ぎ澄ました文章を、自らのパフォーマンス（自己表現）として書く能力はない。しかし、そのことを意識するからこそ柳田氏のような体験と結びついている論文を評価でき、畏友・芥川賞作家玄侑宗久師の文章による力を認めることができるのである。

それ故に自分の書いたものには絶えず「説似《せつじ》一物《いちもつ》　即不中《そくふちゅう》」（何かを説明したとき、それは既に本質に中《あた》っていない）とする『臨済録』の語を意識し、至らざるを恥じている。

首相は国を主導するために、国民に分かるように話をすべきである。市井の一般人が酒場で酔いに任せて上司や同僚の悪口を言うのと同レベルの話し方では困るのである。私たち市民は、支持政党か否かに関わらず、安倍首相のごとき品性の劣る発言をする人には「ノー」を突きつけるべきであろう。

（２０１７年9月1日　第１０２号）

草取りの喜び

　里地里山での草取りは楽しい。草取りの主な対象は、ヒメジョオン、セイヨウタンポポ、シロツメグサで、知勝院墓地にとっての「三大侵略外来種野草」とも言える。その他にアメリカセンダングサ、ダンドボロギク、アカツメグサ等の外来種を見つけては抜いている。

　また、在来種ではあるが、あまりにも他を圧倒しすぎるスギナ、ドクダミ、オオバコやギシギシなども選別的抜き取りをしている。

　これらの抜き取りをしていると、まっすぐ地中に根を伸ばすギシギシ、地下十数㎝の所を横に長く根を伸ばし栄養繁殖（クローン繁殖）するスギナやヒメジョオンなど、いずれも表土が流失しない働きをしていることが分かる。間伐しない杉人工林では、日照が林床に届かない上、油分の多い杉の葉が蓄積しているために草本類が育たない。そのため大雨で表土が流失して杉の根が掘られ、河川に流失して大災害を起こす

ボランティアによる草取り

要因となる。
このように**山は樹木だけでなく、草本類も大事なことが草取りという実践で気づく**ことは楽しみの一つである。しかし、草取りの影響と思われる事象でそれ以上に驚かされることがある。それは従前何もない所に突然湧いたかの如くヤマオダマキやヤマホタルブクロが咲いたことである。そこは一年に一度、草刈り機械で刈り払いをしていたが、昨年から手による草取りに変えた所であった。

アケボノソウ

また、今まで放置されていた知勝院隣地の山林内を一昨年から知勝院職員のボランティアで草刈りをしているためか、これまた突然、アケボノソウの大群落が出現した。アケボノソウは二年草で、センブリ同様、同じ所にまた生えることが少ない。この「気まぐれの草」は、かく乱されることを待っていたのであろう。
気づきに喜びを得るのは私だけではない。ボランティアは今年、延べ二百人くらい草取りに参加したが、それらの人々や外働きの職員も、色々な花が咲くようになったことを一様に喜んでいる。
山野草が咲くことなど、一つ一つは小さな出来事だが、これらが積もり重なり「久保川イーハトーブ世界」は、日本一の「さとやま」と評価される日が訪れるのではなかろうか。
（２０１７年11月１日　第１０３号）

蘇る雑木林

岩井憲一

樹木葬墓地は、萩荘の雑木林の中にある。

遠望すれば辺りの雑木林と何ら変わりはないのだが、一歩足を踏み入れると、その美しさに思わず感動を覚えるであろう。雑木林は手入れさえすれば、かくも美しくなりうるのである。

かつて雑木林は生活に欠くことのできないものだった。緑肥として、薪炭材として人々は大いに恩恵を受けてきた。それが石油にとってかわられた時、簡単に見捨てられてしまった。その後はご承知のとおりである。

自然に手をつけないほうがいいとおもっている人が案外多い。しかしこの場合ふたつに分けて考えるべきなのだ。今日まで、ほとんど人手の入っていない原生的自然の場合は、先の答えは正解である。しかし里山と呼ばれる農村をとりまく雑木林は、弥生時代から連綿と人の手によって管理され、成立してきた林なのである。数百年も放置しておくのであれば、進行推移によって安定した状態にいたるのであろうが、当地方では放棄してから三十年前後しか時間が経過していない。荒れる結果となって当然であろう。それを樹木葬墓地というかたちで手入れすることにより蘇らせたのである。

六月のある日、冬期の除・間伐から久しぶり

住職(当時)と樹木調査をする岩井憲一氏(右)

で訪れた。その後の手入れの賜物で、林の中は見違えるほど美しくなっていた。ヤマボウシ、バイカツツジが、また林床ではヤマブキショウマが咲いていていた。春の訪れとともにサクラ、ヤマツツジ、エゴノキなどが順に花をつけたに違いない。これから夏に向かってオヤリハグマ、オクモミジハグマ、エゾアジサイなどが花を咲かせようとしている。林床まで陽の光がさしこむことによって植物は蘇りつつある。

無常は世のならいである。すべては移ろう。その移ろいのなかで、人はいかように他人とかかわり、或いは社会と、自然とかかわっていくべきかということが、**生きている人間への課題**であろう。地球が狭くなってきている現在、生きとし生けるもののすべてのために、皆で本気で考えるべきではないだろうか。

(2000年7月16日　第1号)

岩井

きのこの季節

澄みわたった秋の一日。あくまでも青い空に、赤とんぼが群れ飛んでいる。一定の動きを見せながらも、静寂の中で時は流れていく。夏蝉の喧噪が過ぎ去ったときが秋の訪れなのであろうことを改めて思い起こされた。或いは、豊穣の秋のゆとりが静けさを招きよせているのかも知れない。

この日、和尚さんと新たに拡張予定の樹木葬墓地に行くことになった。多様な植物相を確保するため、残すべき樹木の調査をするのである。コナラ林であるから高木にコナラが多いことは当然として、多く目につくのはリョウブ、ヤマツツジである。とはいえ、既存の樹木葬墓地には見られなかった樹木もあった。

まずはミズナラである。当地方では須川山麓のブナ帯に多く、ブナと並んで巨樹の姿を見せている。冷温帯に多く、ブナよりもやや乾燥した土壌を好む。コナラと並んで生えているところに価値があろうと思う。別名オオナラとも呼ばれ、樹、葉、ドングリのすべてがコナラに較べてひとまわり大きい。

次にハクサンボク。人里に多く見られるエゴノキの仲間だが、白い花房が十〜二十cmにもなり、まるで白雲棚引くようだということから白雲木と名付けられた。別名オオバヂシャはエゴノキがチシャノキと呼ばれるのに対するもので、葉の大きさが十〜二十cmと極めて大きいことによる。若枝は緑色であるが、前年枝の皮が縦に割れてはげ落ちると褐紫色になる。こちらも須川山麓ではまま見られるが、低地では少ないのではあるまいか。

大きなヤマボウシもあった。コナラの樹下にあって日光不足のため、赤い実はついていないが、いずれ間伐をすれば見事な花と実をつけることだろう。

このように書き連ねていくと、いかにも樹木調査に専念して天を仰いでばかり居るようだが、実際はおおいに違うのである。どのように違うかというと、時節は秋である。きのこの季節である。幸いに目は二つある。天を仰ぎながらも片方の目は地面を這っているのだ。最初に見つけたのがハエトリシメジである。十数本もあったろうか。まずまずの出だしである。入れ物を持ってこなかったので和尚さんの帽子に入れることにした。次に見つけたのがニセアブラシメジ。当地方でヌノビキと呼ばれるきのこだが、布を敷いたようには生えておらず、たったの一本だけ、サクラシメジはアカキノコ又はバクロウと呼ばれる。馬喰が馬をぞろぞろと引き連れて歩く姿を見たてての名だが、これも一本こっきりである。

ウラベニホテイシメジはイッポンシメジとも呼ばれるとおり、単体で生えている大形のきのこだが、調査終了までの間に三本見つけた。

尾根付近のアカマツ林ではアミタケが十本ほど群生していた。順当に季節が巡っていれば採れる時期の異なるものが一斉に出ている。

まちに住んでいると気の付くことがない**わずかな変化を、自然の中に入っていくことによって知る**ことができる。これもささやかな楽しみの一つである。

（２００１年１月24日　第２号）

岩井

生命の営み

未来をみつめていると、現在を媒介にして過去へと連なり、一つの真っ直ぐな線にみえてくることがある。その線を、現在という刃物で両断すると、そこには宇宙をも包含する広大な断面が拡がっているのだと言われるが、そうは言っても一朝一夕に線のイメージが面へと容易に転換できるわけではない。それでも、雪がとけてフキノトウが枯草の間から顔を出しているのを見つけたりすると、春の息吹きとともに「生命」そのものを発見したような気持ちになって、一瞬、面的拡がりを感じたりもする。

春は生命の気配が濃厚な季節である。陽はきらめき風はそよぎ水はせせらぐ。鳥はさえずり、草はぞくぞくと萌え出し、スプリングエフェメラルと呼ばれる早春植物は早くも花を咲かせる。雑木林に入ってみればマンサクやキブシが黄色い花を、そして一つひとつの樹を見れば、芽の動きを感得することができるだろう。エドヒガンやカスミザクラが咲きだすまで、林は緑に包まれたようには見えないが、生命は着実に、そして活発にその営みを展開しはじめているのだ。それらの生命の鼓動と自らの生命が響応するとき、現在という断面が拡大してくるような気がしてならない。

とすれば、**山野に出向くという行為は、自らの生命の確認のためということになってくる。**文明という名の人工環境は便利さは提供してくれるが、心を楽しませる装置ではない。それは身を楽しませるものなのである。

都市は自然を破壊して、あるいは変型させることによってできあがっていく。その進行に伴って、自然を基盤とした生物の棲息環境は縮小せざるを得ないのは道理だろう。生物多様性の確保を叫びつつ、レッドデータブックには次々と新たな絶滅危惧種が追加されていく。これが便利さの代償だとも意識されないままに。

早春に花を咲かせる植物にカタクリ、フクジュソウ、アズマイチゲ、キクザキイチゲ、イチリンソウ、キバナノアスナ、ヒメニラ、ヒメヤマエンゴサク、ショウジョウバカマなどがあるが、改めて書き連ねてみると、北方系の植物が多いような気がする。早春の陽の光をあびて花を咲かせ、緑の季節の訪れとともに早々にその役割を終えて消えてしまうのだから、常緑樹林の下では意味がなく、落葉樹林であればこそ成立する条件であろう。

墓地内のカタクリ

ともあれ、これらの花は咲いては足ばやに去っていく。

二〇〇一年一月、樹木葬墓地の拡張申請に対し、一関市からの許可がおりた。新しい土地は除間伐や枝打ちなど整備が着々と進められている。整備が進むにつれ、陽光が林床に届くようになる。光を受けて地下で眠っていた種子が発芽してくるだろう。今後どのような植物が芽を吹かせ、どのような花をつけることになるのか。今から楽しみである。

（2001年4月25日　第3号）

岩井

メモリアル周辺

緑一色の静かな風景の中、尺八の音が流れてきた。焦点を失ったように三々五々たむろしていた人達が魅かれるように樹木葬墓地に向かって移動していく。田や畦にはシオヤトンボや名前の知らないイトトンボが飛んでいる。この際、トンボの鳴かないことが何よりだった。と言っては笑われてしまうか。

林の中は澄みきっていた。既に設《しつら》えられた祭壇を中心にして式典が展開されていく。

篠笛の演奏に送られて退場となったのだが、しばらくの間笛の音は遠くまで響いていた。

夏の花は白が多い。ホウノキ、エゴノキ、ガマズミ、ヤマボウシ、ノリウツギなど皆白い花だ。白い花は静寂をかもし出し、尺八と篠笛と緑とが調和して、仏の世界を現出させている。

2001年の第１回メモリアル

第一回樹木葬メモリアルはかくて終了した。

翌日は須川探訪である。標高千百mの須川温泉は春景色で、ところどころに雪が残っている。ミネザクラが満開で、里山の静けさとはうって変わって華やいだ雰囲気である。ウラジロヨウラクがピンクの花をつけている。

この辺りはウラジロヨウラクが多い。お花畑をとおって一回りしてくる間、ずっと沿道に咲いていた。時折にぎわすのは草本類でイワカガミ、ツマトリソウ、マイヅルソウ、ショウジョウバカマ、タテヤマリンドウなどがぽつりぽつりと顔をのぞかせる。ピンクや白の花が多いなかで、リンドウの青はきわだっていた。

須川岳（栗駒山）は火山活動の関係で、本来ブナ林であるはずの温泉付近は、その少し手前で見られなくなり、ミヤマナラ、ミネカエデ、ミネヤナギ、ナナカマド、ミヤマハンノキなどからなる亜高山落葉低木林となる。そして、ガレ場や岩がむき出しになったところにはアカモノ、ガンコウラン、シラタマノキ、イワヒゲなどの高山植物が混生している。温泉付近でこれらの高山植物を目にした者にとっては、さらに登っていけばどのような植物を見ることができるのかと期待を抱くものだが、単純に期待どおりには変化してくれない。それは先に述べたとおり火山活動の影響で、本来であれば千二百m付近までブナ帯であるからだ。

須川岳の面白さは山の生いたちが複雑であること。今も活動している硫気孔原や昭和湖、須川湖といった湖、高層湿原、磐井川源流、泥炭地帯などがあって、それぞれの場所に特有の植物が生えている。山頂まで登った人達は雪どけ間もない山頂付近に一面に咲いているヒナザクラに感動したようだ。

一度だけの訪問ではあれもこれもというわけにはいかない。加えて季節の変化は主役を次々と変えていく。それにしても今回の登山は天候にも花にも恵まれた。第二回樹木葬メモリアルの頃はどのような花が咲いているだろうか。

（２００１年７月15日　第４号）

『中陰の花』（文藝春秋／2001・8）

玄侑宗久著

人間のこころの世界はマカ不思議で、そこには何がつまっているのかはかり知れない。

大阪から南東北に六年前に嫁いできた圭子の日常を「見えにくくまた移ろいもする人間関係の薄靄」と表現しているが、これはそのままこころにも当てはまる。

『中陰の花』は、欲や執着の事柄がまんえんしているこの世界から読者を無意識界へと誘う。読み進むにつれて、今居るところは此岸か彼岸か、はたまた中陰世界か、浮遊するような感覚になってくる。

話は、おがみやの予言から成仏へと展開していくのだが、まず最初に登場するのがウメさん。おがみやというのも不思議な存在だが、その死をめぐって成仏する時期はいつか、どのような状態になったときが成仏したと言えるのかという問題がまず提起される。


「その辺のことは、和尚さんの方が……」

徳さんが則道に振ろうとするので則道はきっぱり言った。

「わかりませんよ、成仏の仕方なんて。だいたい亡くなった人が成仏してくれてるかどうかさえ私にはわかってませんもん」

と言う。こんなことがきっかけで、ある日則道はインターネットでおがみや、霊能者、憑依、超能力等の検索を思いたつ。そこで得たものは、「真剣に自分の信じる世界を描いているようだ。それは間違いない。しかしそれぞれの描く世界を統合しようとしても、そこには全くと言っていいほど整合性がなかった。」という結論だった。

次は或る日の夫婦の会話の一コマである。

「人は死んだらどうなんの？」

「知らん。死んだことない」

「あんた喧嘩うってはんのか？」

という訳で、仏教の世界に入っていく。

「そう、たとえばコップの水が蒸発する。そうすると水蒸気はしばらくこのへんにあるやろ」

ちょうど鉄瓶から立ちのぼる湯気を、二人は見上げた。


（中略）


「それから水蒸気はどんどん広がる。窓から出てって空いっぱいに広がっていく……」

しかしこれで霊の世界が解決したわけではない。「これは仏教の問題ではないのだ。そう則道は思った。そしてこれは正しいかどうかという問題でもない」と。このことは作者をして後半に再び「わかるということがそう重要ではないのだ」とつぶやかせることになる。

さて、場面は一転して紙縒の話になる。場面の前半から紙縒の話は出てきているのだが、それが後半になって一気に集合体となっていく。

「何にせよこの紙縒たちは、圭子の『祈り』なのだ。その膨大な時間そのものであるような紙縒たちが、今、なにかのきっかけで大きな集合体になろうとしている。そのきっかけはウメさんの死であったのか、あるいは徳さんとの会話にあったのか、それとも流産した子の命日が近づいたからなのか……多分すべてを含んでそれだけではない。そういうことだ」

本堂に吊されたそれは「いつ動くとも知れぬ緊張のなかで咲く無数の花だった。中陰に咲く花だ」と則道は思った。


（中略）


「成仏やなあ」

「だれの？」

則道の問いかけに圭子はすこしだけ微笑をしぼり、須弥壇のほうに向き直った。そして目線をゆっくり上げ、中陰の花を優しく見上げて言った。

「だれやしらんけど」

ここで幕は閉じる。成仏したのはウメさん、流産した子、紙縒の作品、圭子の心といろいろ詮索したくもなるが、所詮「わかるということはそう重要なことではない」とつぶやきつつ、**それにしてもこころの世界はマカ不思議**なものと思わざるをえないのである。


（2001年10月25日　第5号）

里山のブナ林

里山の新緑はブナの木からはじまる。雑木林を構成するコナラやアカシデ、カエデなどがまだ眠りから醒めやらぬ頃、早くも緑の葉を展開しはじめる。

一関市の南西端に、宮城県との境を接するように して自鏡山（三一四ｍ）がある。この自鏡山には旧村社の吾勝神社があるが、この山のふもとには胸高直径が一ｍを越すブナ、イヌブナ林があり、貴重な植生とされている。

理由の一つは冷温帯の代表樹種であるブナと、冷温帯と暖温帯の中間に位置する中間温帯構成樹種であるイヌブナが混生していること、その二はブナが山頂付近ではなく山麓に生えていること。このことは、山火事の発生に伴い上部は二次林であるところのコナラ林にとって変わられたのであろうと推測されている。その三はイヌブナ分布の西北限であること。イヌブナは太平洋側に分布し､日本海側には分布しない。以上が主な理由である。

この自鏡山と名勝天然記念物厳美渓の渓畔に位置する竜門寺を結ぶ線上の西側には、そのほかにも貴重な植生が残存している。

その一つは久保川水系の達古袋地区にある八幡神社境内と道路を挟んだ小野寺氏宅の裏にあ

達古袋地区八幡神社内のブナ

る胸高直径が五〇㎝ほどのブナ林である。自鏡山、竜門寺、八幡神社は社寺林として伐採をまぬがれたものだが、これらのほかに樹木葬墓地付近の久保川南側に岩石が露頭している急斜面があり、この斜面にもブナ・イヌブナ混生林がある。これは薪炭材伐採に不向きな地形であることがその理由と思われる。

低地ブナは以上のとおり局地的に残存しているだけであるが、栗駒山へ行くと真湯温泉(標高三八〇m)の手前付近から須川温泉(標高一、一〇〇m)の手前まで連綿とブナ林が続く。当地方のブナの上限は標高一、二〇〇mとされているが、須川温泉付近の剣岳の爆発によって植生が変わり、亜高山落葉低木林となっている。

イヌブナは岩手県が分布北限とされ、内陸部では花巻市、沿岸部では宮古市である。そしてブナ・イヌブナ混生林は先に紹介した一関の自鏡山、久保川沿いのほか内陸部では室根山そして沿岸部では宮古市付近とわずかに存在しているにすぎないのである。

ところで、ブナは冷温帯の極相林である。極相林とはその気候風土でもっとも安定した植物相をさして言う。ブナが発生したのは約二〇〇万年前といわれ、北米、ヨーロッパそして日本を含む東アジアの一部に分布しており、ほぼ同緯度に位置する。このことを研究した学者に吉良竜夫氏がいるが、同氏によると月平均気温が五度以上の月について、五度を超える値の総和が四五~八五の間を冷温帯と位置づけている。

ブナは「橅」と記されるように、今日まで人間のために役に立たないということで伐採の対象にされてきたが、環境問題が浮上するに及んで、極相林としてのブナ林の重要性が見直されてきている。

(2002年4月1日　第7号)

岩井

久保川探訪

陸地から、主として道路や堤防から川を眺めることはあっても、川から陸地を見ることは少なくなった。川が人間の生活から遠のいてしまったのである。水は生物の命を保つ根元とは知りつつも、水道の蛇口に完全に頼った生活をしている。

ところで、機会があって雪の久保川踏査に参加した。長目の長靴をはいて歩くのだが、雪の深さや水深が気にかかる、何を酔狂なことを、と笑われそうだが、こちらはいたって真剣なのである。目的は景観調査。ポイントを選んでは十数点にわたって調べ上げていくのだ。調査に当たるのは樹木葬墓地周辺環境整備にかかわりをもつ東日本造園（水沢市）の千葉さんで、私が記録者という訳だ。さすがはプロで、歩きながら裸木を指して、これはシラキ、あそこに見えるのがサイカチと名前をいう。たしかに、歩いてみなければ出合うことはできないとは言うものの、長靴に水は入り込んでくるし決してラクなものではない。

川は中流域にいたると渓谷を形成する。つまり上流域と下流域は地面と水面が近いのだが、中流域だけはそうでないことを今さらながら知った。そのような岩場でシダの仲間のミツデウラボシに出合った。暖地ではいざ知らず、当地方では珍しいシダである。生長不行き届きにつき三手にはなっていないが、確かにミツデウラボシである。このようなささいな発見が疲れをふきとばしてくれる。

川底が岩盤から砂利に変わったところでサケの白骨死体に出合った。それと気付くと次々と目につく。ここまで溯ってきたのだ。海から北上川、その支流の磐井川、そのまた支流の久保川へと溯ってきたのだ。そして産卵をし、今は

久保川藤走橋付近　右岸の砂岩に６つの穴があり、どんな理由で作られたのか摩訶不思議な穴である。

白骨死体となっている。自然は余すところなく資源を活用する。残酷なようだがこれが地球の掟、いや宇宙の掟というものだろう。諸行無常はすべて世界を網羅しているのだ。

下流域の流れの緩やかな所にはハクチョウやカモが佇《たたず》んでいた。人が近づいても恐れる気配がない。市街地を流れる磐井川でエサをもらうことに慣れているのかも知れない。それがここに遊びにきているという感じだ。

磐井川との合流点から北上川までの間は市街地と近接していて見るべきものは何もない。

改めて、**都市化というものは多様化を減殺することを身にしみて思う**のみである。

北上川合流点は二つの理由から大きな鳥が棲んでいる。一つは県道が切り替えられていること。二つめは磐井川自体が切り替えられていることで、めったに人が水辺に近づかないことだ。アオサギ、ダイサギ等サギの仲間やノスリ、オジロワシ等の猛禽類がそれだが、その日もオジロワシを除いてすべて見ることができた。

最後に、これはあまり書きたくはないのだが、アレチウリという帰化植物の話。一年草でタネで猛烈にふえ、木の枝を伝ってやがて覆いかぶさってしまう。そこに大雪が降れば、ご推察のとおり樹々の枝を折ってしまうのだ。根が弱っていれば倒木してしまう。それが随所にはびこっていた。まさに氾濫原は荒地なのであった。ふりかえると栗駒山に夕陽が沈もうとして稜線をくっきりときわだたせていた。

（２００２年６月10日　第８号）

風

岩井

今年は、桜の開花が二週間ほど早かった。

この現象に引きずられて次々と咲きだす花があるかと思えば、一方、暦に忠実な植物もあって、順不同に乱れ咲くので何やら落ち着かない。

虫や鳥や獣だって、きっととまどっているに違いない。時の移ろいやその異変といった現象については、誰しも気に留めやすいが、同様の時間の経過が自分自身にも作用していることは見落としがちだ。しかし、改めて言うまでもなく、時の流れはすべてのものに対して平等にはたらく。年に一度しか咲かない花は、たとえ百才まで長生きしたとしても百回しか見ることができないのだった。

七月中旬、隣接の樹木葬墓地予定地を訪れた。立ち枯れた樹木はすでに払われていて一定の見通しはきく。林の中に入ってすぐ気がついたことはウリハダカエデの多いことである。それにヤマモミジやイタヤカエデ、ハウチワカエデが加わるから、**きっと秋の紅葉は見事なことであろう**。一口に雑木林と呼ばれていても、**ほんの少しばかり場所が変わるだけで日照、土壌水分、風向き等樹木を育む主要条件が変ってしまい、それが主力樹種を変えてしまう**のだ。稀少種としてハクウンボクがあった。この樹には日光を十分に当ててのびのびと育てたい。コシアブラやタカノツメの大木も散見される。これの黄葉も見捨てがたい。大体にしてカエデ科の紅葉一色では息がつまってしまうだろう。

林を一巡して林外へ出る。千坂住職に周辺の棚田や溜池の整備計画を聞く。昨年度に田を一枚整備したことによってトンボが増えたような気がしたものだが、今年もシオヤトンボ、キイトトンボ、ナツアカネ、ノシメトンボ、ショウジョウトンボ等が見られた。時間をかけて観察すれば二十～三十種類くらいは見かけることができるのではないか。水辺の生物の棲息域は今、狭められつつあるので今後の拡大整備に期待したい。

棚田周辺で咲いていた植物はラン科のネジバナとカキラン。カキランは山地の湿地に生える植物だが、最近目にすることはめっきり少なくなってしまった。だが、ここは大群落である。大いに大切にしたい。そのほかノハナショウブ、コオニユリもわずかながら畦を彩っている。棚田も畦も雑木林も旧来の農法に従って、人手をかければたちまち蘇ってくれるのだ。しかし、これらは経済効率のみで推し量られてしまうと放棄の対象となってしまう。美しい田園風景を取り戻すためには経済以外の価値観を導入しなければならないだろう。幸い、少しずつながら経済効率一辺倒の人生に疑問を抱く人が増えてきている。どうやら生きがいと経済効率は対極に位置している気配がある。こんなことをぼんやりと考えているうちにも時は流れていく。

渡りくる風に身をまかせていると全身が緑に染みわたってくるようで、それにつれて忘れていた何かが蘇ってくるような気がする。

風は人間を蘇らせる地球の息吹きだ。

（2002年8月10日　第9号）

地域づくりを考える　対談「境界」のこと

千坂住職は和尚の顔のほかに、学者としての顔を併せもっている。

樹木葬墓地は、この二つの顔がうまく融合した傑作だと私は思っているが、当然のことながら、学者の顔だけで登場することも多々ある。

先日、北上市立博物館主催のみちのく民俗村まつりで、東北芸術工科大学教授の赤坂憲雄氏と、「境界——へだてるものとつなぐもの」と題して対談が行われた。その印刷物をたまたま入手したのだが、これが東北を発見する、あるいは見直すきっかけともなるべき内容となっているので、ここにその一部をご紹介したい。

まずは住職が「『境界』と言うと『へだてる』という面があるわけですけれども、『へだてる』と共に、その隔てる所を境にして違った文化があると、お互いにそれを求めたくなるということがあると思います。（中略）違ったものがぶつかるということが非常に大事なことだと思って樹木葬をはじめたり、いろんな市民活動をしている」と切りだす。

「私は坊さんですから、坊さんの立場を生かして、地域づくりとの兼ね合いで、自然を活かす方法はないかと考えていました。そこで、里山の良さを都会の人に具体的に説明できることが大事だとわかったのです」

赤坂氏は十年前に山形県に来たときに、東北についてどのように語られているか、とても気になったという。その結果、「二つしかないような気がしたんですね。一つは『ルサンチマン』って言葉を使ってますけども、恨みつらみがあるじゃないですか。（中略）もう一つはロマン主義だと思うんですね」と赤坂氏が言えば、住職はこれを地域づくりと結びつけて、「私は怨念では地域は作れないと思うんです」と応じていく。

「東北の人達がものすごく深く『東北は貧しく、暗く、寒くて』というマイナスのそういうものに縛られているんじゃないか」と赤坂氏が言えば、住職は「東北の人達が貧しい貧しいといわれたことが米に原因していると思う」と応じ、これに対して赤坂氏は「白米幻想があると思うんですよ。『白いおまんま』に対するコンプレックスが稗とかをおとしめてきた歴史が確実にあると思うんですね」と言う。

「恨みつらみを爆発させてもダメだし、ロマンチックに『東北って闇があって深いんだ』とか、それもダメだとしたら」と考えて、中心が一つであることを壊してしまえばいいとの結論を得るにいたる。「つまり、日本列島の中心は一つではない。幾つもの中心があったんじゃないかって、そう考えると随分変わってくるんですよね」と現状打開のための方策を赤坂氏は提言している。

地域特性を具体的に把握すること、そして、怨念から解放されることは、これから地域づくりを進めていくなかで極めて重要なことであろうと考える。そのためにも、まず要求されることは、現状から脱却しようとする強い意志なのかも知れない。

（２００２年11月20日　第10号）

スローライフを楽しむ

岩井

栃倉川は美しい。栃倉川は楽しい。

樹木葬墓地のある一関市萩荘地区には三本の川が流れている。栃倉川と市野々川と久保川だが、栃倉川は市野々川に合流し、市野々川は久保川に合流し、やがて磐井川へと注がれていく。栃倉川が美しいのは川の周辺に人家が少ないからだ。人家が少ないから水質が保全されている。水がきれいだからヤマメ、カジカ、シマドジョウが生息している。そして、何よりも魚影が濃い。栃倉川をとりまく周りの自然環境も良く保たれている。秋に訪れたときにはフシグロセンノウやツリガネニンジンが大群落を形成し、赤や青に咲きみだれていた。

カメバヒキオコシもそれほど多い花ではないシダの仲間のミツデウラボシやオウレンシダも見ることができた。出合うことが少ない生物との出合いは感動を引き起こしてくれる。貴重なひとときである。

ヒトは神様が創った失敗作であると言われる。神様に失敗作も成功作も無いだろうけれど、地球生態系レベルで見ると、ヒトは完全にサイクルからはみだしている。植物世界に動物を創ったまではよかった。これで酸素と炭酸ガスのバランスがとれた。そこにヒトが出現した。初めは小さな力しかもちえなかったが、今日ではとてつもない巨大な力を身につけてしまっている。それが欲、執着、快楽、慢心、放逸等と手を組んで、自らを制しないから環境に負荷がかかるのは当然である。

今、増えつづけているのは犯罪、自殺、精神病である。つつしむことを忘れたツケはヒトの内外に及んできている。ブッダは「真理の言葉」の中で言う。「あさはかな愚人どもは、自己に対して仇敵に対するようにふるまう。悪い行いをして、苦い果実をむすぶ」と。だから「戦場において百万人の敵に勝つとも、唯一つの自己に克つ者こそ、実に不敗の勝利者である」とも言うのであろう。極めて成し難い目標であることは言うまでもない。ただ言いたいことは、どれだけのヒトが心を制することを目標にかかげているかである。二千五百年も以前にブッダは「あらゆることについて慎むのは善いことである。修行僧はあらゆることがらについて慎み、すべての苦しみから脱れる」と説いた。これは環境と心の双方の処方箋ではあるまいか。

宇宙規模で壮大な営みが止むことなく続けられていく。春夏秋冬が巡ってくる。季節が移ろうにつれて主役を交代しながら花が咲き実を結ぶ。冬鳥が渡り去って夏鳥の時を迎える。蝉が鳴き、やがて秋の虫がすだく。川の流れは止まることなくして魚を養う。「冬雪さえて冷しかりけり」とは道元の言葉である。

多様な生物は多様な環境によって支えられている。多様な生物に出合うことは楽しい。しかし、人間の営みと引換えに、この地上から失われていくものはあまりにも多い。**つつしみの心を抱き豊かな自然に接し、四季折々の自然を美しいと思う心が美しい自然を守っていく**のだろう。


（2003年1月1日　第11号）

アオゲラの来るまち

今年もアオゲラに出合った。年に一度か二度の出合いだが、冬の楽しみのひとつである。

地球環境の荒廃が取り沙汰されている中で、健気にも来関してくれたのである。

限られた地球の上で人類はどのように生きていくべきなのか。今かなり切羽詰まったかたちで答えを求められている。二十世紀の便利さや物質的豊かさを求める生き方には、はっきりと決別すべき時がきているようだ。只、水は低きに流れ、人は易きにつきがちだから、どこまで出来得るかはわからないが。

今や始終耳にする言葉は環境がらみで、地球の温暖化、消費エネルギーの節約、安全・安心な食糧の確保、生物種の絶滅危機への取り組み、河川の清流化、里山の回復等ひろいあげていけばきりがない。

アオゲラ

ところで、古人は「こごえぬほどに、飢えぬほどに、雨の漏らぬほどに」と衣食住について語った。身のほどをわきまえた簡素な生活の美しさを讃えるとともに、足ることを知らなければ安らぎがないことを教えた言葉であろう。

先日、『正法眼蔵随聞記』を読んでいて衣食住についての記述のすさまじいことに驚き、且つ、呆れてしまった。

「寺院旧損して僧のわづらひありし時、知事申して言く、修理あるべしと。会の言く、堂閣破れたりとも露地樹下にはまさるべし。一方破れてもらば、一方のもらぬ処に居して坐禅すべし。」

「未だ一大蔵教の中にも三国伝来の仏祖、一人も飢え死にし、寒え死にしたる人ありともきかず」。

心を世事に執着することなくして、一向に道を学すべしというのである。

今、スローライフが提唱されている。ファストフード、ファストライフの反省から生まれた。

概要は、

・やりたいことのすべてをやることが無理だということを、まず認識せよ。
・何もかもやろうとするから急ぐことになる。
・しかし、いかに急いでもやりたいことは次から次へとわいてくる。
・五感はやりたいことを次々提案してくるから、それらにふりまわされるな。
・只ひたすら我を忘れて今取り組んでいることに集中せよ。

というようなことであろう。五感の制御を失いつつある現代は、あちこちで精神的な病とでもいうべきものを多発させている。対人関係を忌避する、登校拒否、出勤拒否、うつ病状態、過食、拒食、衝動買い、不安に伴うアルコール依存等、我が身の周辺だけでも枚挙にいとまがない。

地球が病んでいる。心が病んでいる。身体が病んでいる。この三つに共通する**処方箋は**、**心をゆっくりさせること、足るを知ること、何ものにもとらわれることのない心**ではないだろうか。日々、是れ修行である。

（2003年3月15日　第12号）

岩井

ぴーちくぱーちく雀の子

夏至である。当然ながら昼が最も長い。我が家の二階の換気扇口から二度目のスズメのヒナたちが巣立とうとしている。毎日朝から晩までチィチィと鳴きどおしだ。親鳥はこの長い日中を給餌のため働きどおしで、さぞや大変なことであろう。

換気口への巣づくりは数年前から始まった。初年度は巣づくり開始直後、換気扇を稼動させて早々に退席してもらった。

二度目のときは、庭の巣箱を何度も覗いていたが、結局換気口を選んだこともあって、子育ての場として提供することにした。

我が家の巣箱は欠陥住宅であったらしい。ガサゴソと音を立てながらの巣づくりの様子、やがてチィチィと餌を催促するヒナの鳴き声、それが次第に頻繁になり鳴き声が高くなっていく。その成長過程を耳で楽しんだ。それもいつやら静かになって、と或る日巣立っていった。

今年の春にスズメが住みついたときも、またかと思ったくらいで、あまり気にも止めずに日々暮らしているうちに巣立ったらしく、静寂の日々が続いていた。それが今、二度目のヒナが巣立とうとしきりに鳴いている。一年に二度の巣立ちは初めての経験なので、このことが一般的なことなのかどうか、今のところ解りかねている。

初めてのことと言えば、我が家の近くでカモシカに出合ったのも今年のことである。

最初は通勤途上の舗装路上で、二度目は裏山で山菜採りの最中にである。早朝の四時半頃にもかかわらず、何やら人の居る気配がして、出会うのも気まずいとの思いから、やり過ごそうとじっと佇んでいると、目の前に飛び出してきたのはカモシカで、無人の如くのんびりと歩んでいたが、やがて一目散に駆けていった。

三度目は崖の天辺で、人の寄る気配は全くないと思ってのことか、雌雄二頭が悠々と木の葉を食んでいた。

須川岳山麓に棲息しているカモシカが人里で頻繁に目撃されるようになったのは、そんなに遠い話ではない。

天然記念物として保護されていることによる安心感からなのか、それとも自然環境の変化によるものか。因みにカモシカの死体処理件数は年々増え続けているという。

刻一刻と自然が変化していくことは間違いのないことだが、そのスピードと方向性が気になって仕方がない。

幸いと言うべきかどうかは別として、昨今の社会情勢は各人のライフスタイルの見直しを求めてきているようだ。これに同調するように書店でスローライフ、シンプルライフ、田舎暮しといった書名を多く見かけるようになった。スローフードも流行語化しつつある。

いつしか人間の五感は、生物としての存在に危機を感じて反応してくれる時が来るのであろうか。

それとも人間特有の欲が優先して、行き着くところまで行ってしまうのだろうか。一進一退の迷走のまま時は流れていく。

※標題は玄侑宗久著『アミターバ』より

（２００３年７月15日　第14号）

ヤマセミが飛んだ

ざわざわっという瀬音の真ん中に佇んでいたら、ヤマセミが下流から上流に向かって視界をよぎっていった。

磐井川との合流点にほど近い小猪岡川でのことである。

一瞬の静寂ののち、再びざわっという音にたち返っていった。時空を超えた一瞬だった。

上流で拾ったヤマセミの羽をタカと間違えて、「ヤマセミだよ」と教えてもらったのだったが、生きているヤマセミを見たのは初めてのことだった。

今回は二日がかりで小猪岡川を調査するとのことで、夏休みを利用して参加させてもらった。調査を担当するのは第八号で紹介した東日本造園の千葉さんである。源流の鞍掛沼からスタート。梅雨明け宣言のない今夏は、この日もあいにく雨だった。

ヤマセミ

打ち合わせをしているさ中、千葉さんがスミナガシ（蝶）が葉に止っているのを発見する。ほとんど見かけることのない珍しい蝶である。アワブキを食草にするという。雨模様が幸いしたのか静止したままだった。

十㎞位の間ポイントを辿って下流へと向かう。

水は澄んでいるのだが水量が多いためか、河川の直線化が進んでいるのか、河床が平板なためか、どこもかしこも、ハヤ、アブラハヤの類で、しかも個体数が少ない。感動の無い時間というものは疲れるものだ。途中で出会った村人の話によると、一年位前からめっきり魚が減ったという。とすれば昨年の大雨の時に下流に流されてしまったものか。

毒沢と小猪岡川が合流して間もなくの所が河川切替えのため遊水地となっている。せき止められた水はわずかながら旧河川を流れていくのだが、今は小猪岡川排水路と位置づけられているとのこと。

この遊水地でギンギョを六匹。ギンギョはナマズとオタマジャクシを足して二で割ったような魚で刺されるとモーレツに痛い。何十年ぶりかの出合いにうれしくなってしまう。

その晩は悠兮庵に宿泊する。

翌朝は久びさに晴れ。

昨晩中あかりを点灯したまま寝込んでしまったものだから、窓や壁には蛾がいっぱいすがっている。千葉さんもテラスに出てきて蛾を眺めながら、「こいつらは自分が何者であるかわかっていないんだよなぁ」とポツンと言う。自我に悩まされるのは、大脳に新皮質をそなえた人間だけなんだよな、と思ってみたりもする。

調査二日目は排水路上流から下流へ。水量が少なく、増減も少ないためアシ、マコモ、ヌマガヤ等の水草が繁茂していて、どこが陸でどこからが川なのか区別がつかない。しかし網を入れるとメダカ、フナ、シマドジョウ、スナヤツメ、エビ、ミズカマキリ等いっぱいいる。**人間に見捨てられた所が水生生物の安息地となっていたの**だ。水と生物との深いかかわりをつくづく感じた二日間であった。

（2003年9月20日　第15号）

岩井

蛾と渋柿

窓ガラスに一匹の蛾が止まっている。

微動だにしないように見えながら、天眼鏡で良く観察すると、生命の営みがふるえるように、かすかに伝わってくる。

それにしても何時間にも亘り、ガラスにしがみついてじっとしている姿を見ていると、我が身と引きくらべ、その姿は高貴の一語に尽きる。

速く働く心は　病んでいる
ゆっくり働く心は　健全である
不動の心は　神聖である
「メヘル　ババの教え」

そうと頭では理解しつつも、五官に引きずり回されてしまう情けなさ。

休みなく歩きまわる蟻には、勤勉さは感じとれるけれど、神聖という言葉には遠く及ばない。

蛾は、食べるでもなく飲むでもなく、鳴くでもなく、羽ばたくでもなく、無心にガラスにすがっている。只、充実した生命の営みを確認するかのように。

窓の外では雨が降ってきた。蜘蛛があわただしく、糸を伝って軒下に駆け込んでくる。

しかし蛾は微動だにしない。生命有るものの生き方の手本のように、永遠の時の中に沈潜している。

晩秋はひと雨ごとに木々の紅葉を色濃くしていく。葉が散るのも、もう間近だ。蛾もやがて飛び去っていくことだろう。或いはこのまま死を迎えるのかも知れない。しかし、生命のはかなさを知っているかのように、見ることのできない世界を見ようとしているかのように、今はじっと佇んでいる。

メモリアルⅢは晴天に恵まれて営まれた。

この日に何としても間に合わせようと東日本造園の千葉さんは懸命になって知勝院会館の前庭に柿の木を植えた。無論渋柿である。無論の意味は二つある。一関地方は甘柿の北限で、おいしい甘柿が収穫できないこと。二つ目の理由は渋柿でないと干しても甘くならないからである。

渋柿の渋そのままの甘さかなである。とは言え、柿は皮をむいて風雪にさらさないとおいしい干柿にならない。木にそのままにしておくと完熟して、やがて地面に落ちてしまう。だから黄色く色づいたと見るや木から採ってしまわなければならないのである。柿の実にしてみれば無理に親木から離され、身ぐるみはがされて寒風にさらされるわけである。しかし、このプロセスを経ないと決して甘い干柿はできないのである。

このことは我々にも言えることかも知れない。**執着を離れ、幾度か脱皮し、世間の風雪にさらされることによって、少しずつ心の眼が開いてくる**ことはそれぞれお感じになっておられることであろうと推察する。とすれば「渡る世間は鬼ばかり」の方が眼を開かせ、円熟味を増すためには好条件ということになろう。結局、鬼も福も共に好いのである。

（2003年11月20日　第16号）

岩井

動く坐禅

かねてから雑木の生え方が気になっていた。ログハウス周辺の景観のことである。他人様の所有物件だから気にしても仕方のないことなのであるが、時が経過しても改まる気配もなく、喉に小骨が引っ掛かったような状態が続いていた。

今回の間伐体験学習に当たり、たまたまそこに北限の植物であるザイフリボク（采振木）が生えていることを教えてもらったのを機会に枝打ち、間伐をすることにした。

今回の間伐体験にはきちんと目的が書かれていて、そこには「禅宗で重視する作務（労働）は動く坐禅とも言われ、集中力を高め自然と一体化する手段として…」云々とあるではないか。

黙々とナタで間伐する岩井氏

徒《あだ》や疎《おろそ》かにできない。集中力が高まるかどうかは別として黙々と間断なく、誰から強制されるわけではないけれど、間伐を行ったのである。

黙々と行うにはもう一つの訳があった。実は、物言いが下手なのである。ログハウス周辺にはカエデ科の植物としてヤマモミジ、ハウチワカエデ、ウリハダカエデ、コミネカエデ、イタヤカエデ、ミツデカエデが生えているのであるが、苟《いやしく》も女性に向かって、「割れ目が違う」と言ってみたり、「人間にも美人とブスがあるように、同種であっても割れ方に個体差がある」という調子では喋らない方がマシというものだ。

「類似と差異」ということに気を取られている昨今にあっては、「みんなモミジでいいのよね」と言われれば「そうそう」と答えながら、頭の中では「すべてが木であり、草と併せて植物と呼ぶ。それに動物を加えると生物となる。生物と非生物とが地球上にあって、それらはあるべくしてそこに有る」等と妄想しているのである。

神社に行けばどこにでも狛犬があるものだが、「口の開いているのと閉じているのがあるのよね。どちらが阿で、どちらが吽?」と問われれば「口を閉じたままで阿と言えるか」では、解り易いを通り越して、いやになってくるだろう。

結局は「黙々」なのである。おかげさまで動く坐禅を日がな一日行う羽目になってしまった。

しかし**一日中外に居るということは気持ちの良いものだ。光と風と音が絶え間なく動いていて、弥が上にも無常ということを感じさせてくれる。**普段は人工物である建物の中で、しかも戸を閉め切り、電灯の下で働いているものだから諸行無常、諸法無我と言われても、一向に変わらないではないかと思えてくる。ところが今日は違うのだ。戸外である。動く坐禅である。黙々と、である。刃物を振りまわすのであるから、或る程度集中力を高めておかないと危険である。どうやら和尚の手口にまんまと乗ってしまったようだ。

そして、乗せられてしまったことを楽しんだ一日でもあった。されど坐禅の効果のほどは解らない。とり敢えず、沈黙は金である。

（２００４年５月25日　第19号）

ハッチョウトンボ

ハッチョウトンボが湧いたぞ。
どこに？　樹木葬墓地にだ。
どうして急に湧いたんだ？　休耕田に水を張ったからだと思う。

飛翔力が乏しいと思われるのに、よく出現してくれたものだ。今までに確認しているのは市内厳美地区で一カ所だけだ。

やや興奮気味に説明するのは嵃峰和尚で、居酒屋での一場面である。

ハッチョウトンボは日本で最も小さなトンボで、体長が二cmほど。オスは赤トンボを小さくしたような、またメスはシオカラトンボのメスのような虎斑文様がある。湿地に生息し、草丈の低い湿地性の植物群落を好んで棲家とする。湿地というものは維持管理が大変で、ほうっておけば乾地に遷移するし、だからといって田んぼのように深水を張ってしまってはもはや湿地とは言えない。つまり、人間が耕作を行わなくなった水田の数年間、或いは休耕田に水をわずかに張った状態という極めて危ういバランスの上に成立する。だから事の成り行き上、眼にする機会が限られてしまうのである。

指や爪の大きさに比べるとハッチョウトンボの小ささがわかります

トンボは日本に二百種ほど生息しており、寒暖、高地低地という生息域の問題もあるが、同一地方でも水深によって生息するトンボが異なる。また、滞水、流水によっても違ってくる。だから多くの種類を眼にすることができるというのは多様な環境が用意されていることを意味する。

戦後一貫して都市化の進行に荷担《かたん》した政策の展開は、生物多様性と逆の方向に歩み続け、多くの動植物がレッドデータブックに取り上げられてきている。幼虫の時代を水の中で過ごすトンボも例外ではなく、開発による埋立て、農薬等による水質汚染、護岸工事による生物環境の破壊等によって種類も数もめっきり減ってしまっている。

このような中にあって、あらたな種の出現は自然環境改善の成果と評価することができよう。

全国的にトンボの生息地として有名なのは静岡県磐田市の桶ケ谷沼と高知県中村市のトンボ自然公園（通称トンボ王国）である。そこでは大いに環境に注意が払われており、環境保全に熱心な人々が居る。

地球環境への関心は、一九九二年、ブラジルのリオデジャネイロで開催された地球環境サミットにおいて「生物多様性条約」が採択されてからのこと。

各自治体においてもゴミの減量化、省エネ、炭酸ガスの排出規制などいろんな計画が策定されているが、中々効果があらわれてこないのはすべて個々人のライフスタイルの変更に関わっているからであろう。

「新しきことばとは、人にまるで反対のことのように聞こえるものなんだよ」と老子が言えば、「自分の悟った真理は、欲望に執着している人々には理解されそうにもない。無知な人々に説いても理解されず無益なだけではないか」とブッタは迷う。

衣食住は、「凍えぬほどに、飢えぬほどに、漏らぬほどに」では満足し難いのである。

（2004年9月15日　第21号）

岩井

「むぎ」の客

「むぎ」という飲食店が、一関にある。

夕方五時から、かつては夜中の二時まで開店していた。三十数年間に亘って店を切り盛りしてきているのだが、数年前から十一時で閉店している。

お尚さんも勿論常連客の一人で、老若男女を問わず、又、さまざまな職種の人達が夕暮れとともに集まってくる。時には子供連れの家族も来たりして、ほほ笑ましい光景を現出する。

一般的な飲み屋とは違う光景のナゾを解くカギは、当地方の方以外には耳慣れない食べ物であるところのハット、ツメリ、ヒッツミにあるのだ。三つも珍しい食べ物があるのかと早とちりしてはいけない。同一なものの三つの呼称なのである。

小麦粉の練ったものを、両手を使って薄く伸ばし、汁に入れていくのだが、練り工合、寝かせる時間、薄さ、大きさ、手早さ等職人技が要求される。かつては代用食、家庭料理であったものが、女性の社会進出、核家族化によって伝統の手わざが承継されなくなってしまったことが先の賑わいの原因の一つであろう。勿論旨いということが主要原因であることは言うまでもないことだ。

客を呼び寄せるもう一つの秘密兵器がある。

それは手づくりギョーザで、まあギョーザとかラーメンというものは安くて庶民になじみの深い食べ物だから、どこの店でも「自慢の……」

と形容詞がつけられがちであるが、ここでは「自慢の……」と店主が言わなくてもお客の方が自慢をしたくなってしまうらしく、聞き伝てに来る客も少なくない。

　食べ物は実際に食べてみることが早わかりで、これ以上書き連ねることは止すが、ではその店で何をしているかと問われれば、ただ黙々とコップ酒を飲んでいるのである。概ねお尚からの原稿依頼はこのような時で、今回も見事に術中に陥ったという訳だ。

　原稿の督促はヤクザの取立てよりも厳しく、依頼した以上は翌日にも脱稿させることができよう、とのかまえで迫ってくる。将棋や相撲ではないが、なかなか「待った」が効かないのである。斯くして、たまにはこうしてボヤくのであります。

　今年の秋は台風が多く、幸い一関は直撃されることはなかったが、台風のたびに南の暖かい風が吹き込んだため寒暖波打って、滑らかに季節が移行しなかった。それ故にと推測するのだがキノコが全く不作だった。それでも種類だけは多くてナメコ、ムキタケ、ブナハリタケ、ヌメリスギタケ、ヒラタケ、チャナメツムタケを収穫することができたのだが、何と言っても最大の収穫は滑ってころんで左手首を骨折してしまったことだろう。五十七年の人生で初めての経験である。ところがである。不幸にして左手首のため、右手にペンを持つことはできるのだ。原稿を断わる理由を逸してしまった以上はもう書くしかない。**書くことも骨を折ることも共に「風流ならざる処も又　風流」**である。やっと終りに漕ぎつけた。


（２００４年11月20日　第22号）

五月の風

「盛岡には国指定天然記念物の石割桜があるが、久保川には石抱きケンポナシがある。一度見てみないか」と和尚さんに誘われたとき、是非見せてもらいたいものだと思った。

理由の一つにケンポナシの個体数が多くないこと。二つ目には宝暦五年（一七五五）の飢饉を目の当たりにした藩医、建部清庵（一七一二〜一七八二）は『民間備荒録』、次いで『備荒草木図』の二書を著し救済の一助としたが、うち、『備荒草木図』に「実熟するもの生にて食ふべし」とケンポナシが取り上げられていること。三つ目はかつて、市内の釣山公園に一関青年会議所を中軸にして「清庵野草園」を造園したことがあるが、その際ケンポナシ探しに苦労したことが挙げられる。

石抱きケンポナシ

五月二日は好天にめぐまれた。春の間伐体験の御一行に同行し久保川探訪開始。かつて笹やぶだったところを和尚が身銭を切って刈り取らせたのだが——ゆえに我々も探索できるのだが——明るくなった地表に色んな花が咲いていている。カタクリ、キクザキイチリンソウ、ニリンソウ、エンレイソウ、白花エンレイソウ、ツクバネソウ、ウスバサイシン、スハマソウなど。

しかし圧巻だったのはサクラソウの群落で皆でしばし見とれていた。サクラソウは日向で湿地のところに生える植物で、条件が難しいため稀少植物としてレッドデータブックに掲載されている。これを最高条件下で観察できたのは幸いだった。

ところで「石抱きケンポナシ」だが、これも伐採作業が行われなかったならば目にすることはできなかったろう。和尚が「久保川の御神木だね」というだけあって年を経た樹形は見事である。そのほかサイカチやツリバナを見ることができたのも私にとっては収穫だった。

今年は四月に入っても寒い日が続いて、いつ桜が開花するのだろうと思っていたが、月末になって急に暖かくなり、咲いたと思う間もなく散ってしまった。追っかけ新緑の季節を迎えての久保川探訪で、五月の風が爽やかだった。

先日、婦人会で祝辞を述べる機会があった。雨あがりの春の一日だった。

「雨に洗われて木々の緑が、そして花が美しいのではないですよ。水を得て草木の命が輝きを増して美しいのです。ここには若い人も、中年の方も」と言ったところで「ババアも」と会場から声があがったので、「そう、老人の方もおられるが」と話をつないだ。

「若いからと言って美しいのではなく、又老いたからと言って美しくないのではない。**命が輝いているか否かによって美しくもあり、美しくなくなりもする。命の輝いている時間を多くもって欲しい**」と挨拶をしたが、久保川の流れと色とりどりの新緑をわたる爽やかな風は心身に染みわたって、風通しの良くなっている自分を実感できた。

そして、停滞の不健全さと無常の美しさをあらためて認識した一日でもあった。

（2005年5月20日　第25号）

岩井

この世は過不足なし

　ホトトギスが鳴く頃、ヤマツツジは満開の時を迎える。

　何度か間伐体験研修の場となったログハウス周辺は、参加された皆様方の努力の甲斐があって、今年は見事な花を咲かせた。勿論、植えたものは一本もない。込み入っていた雑木林を除間伐を繰り返しているうちにヤマツツジに日光がとどくようになり、ヒョロヒョロしていたヤマツツジが十分に体力をつけて、今日見るような状態となったのだ。偏に手入れの賜物と言っていいだろう。適切な手入れが続くかぎり、ヤマツツジは年々株を大きくし、一層見事になっていくに違いない。

　来年はぜひ、間伐研修に参加された方もされなかった方も、里山の自然に興味、関心がおありであればご覧いただきたいものと思う。

　六月に入って、気が付いたらエゴノキの白い花が道に散り始めていた。季節の変化の早さにただ驚くばかりである。「三日見ぬ間の桜かな」で、こころを余所にしているうちに花が散ってしまったり、又、「三日見ぬ間に桜かな」で、花が咲いてしまったりしてしまうのだ。

　こころを余所に奪われないようにするには、じっと坐っていたり、じっと立っていたりすればいいのだろうが、円滑に社会生活を営もうとすれば、これは所詮無理な話だ。ただし、一日のうち、ひとときだけでもそのような時間の使い方をすれば、きっと一日が長く、充実したものとなっていくに違いない。

ところが、経済効率優先の社会に暮らしていると、知らないうちにこの価値観が経済外の分野まで覆ってしまう。スピードアップするにつれ本質からどんどん遠のいていってしまう。ミヒャエル・エンデの『モモ』の世界である。自分にとってのヒューマンスケールはどのようなものか考えてみるのも良いかも知れない。**他人に強いられてはたまらないから、自ら進んで不如意な生活を選択してみるというのもどうだろうか。**

今の時代は、好むと好まざるとにかかわらず不如意を強いてくるから、これ幸いと積極的に受けとめてみることもよいかも知れない。

どれもこれも喜んでもらえそうな提案ではないが、案外、喰わずぎらいということもあるのではなかろうか。

先日、粉引の小鉢を買った。粉引の面白さは使いこんでいくうちに次第に変化していくことで、この面白さは骨董に似ている。変化に面白さを見出せば、その分こだわりが減って、いささかなりとも生きることが楽になる。

ただし、扱い方を誤るとそのツケは器に如実にあらわれる。この辺のことは人生に似て、生活習慣病などは毎日少しずつ自分で種を播いた結果なのである。

介護制度のスタート時点と、四年後の平成十六年度では、介護認定で軽度とされる「要支援・要介護1」が倍増したという。

お釈迦さまが、中道や八正道を説いたのも少しはわかりかけてきたような気がした。

（2006年7月20日　第32号）

里の秋

岩井

乱れ舞うシジミチョウの上を、スイッと一直線にオニヤンマが飛んでいった。

生物界の動きは複雑である。生き残るための手段であろうが故に、眺めていても見飽きる事はない。草や木もわずかな風に揺られて、ほとんど止むことがない。そして虫と同様、次の動きを予測することは殆ど不可能だ。

こんなにも予測不能なものたちにとり囲まれていながら、日常のくらしを予測可能なものと錯覚しがちなのは、人工物の世界に入り浸っているからなのだろう。或いは、常に正解が予定されている学校教育に慣れ過ぎてしまったせいなのかも知れない。しかし、振り返ってみれば、大ブレ、小ブレの連続が今日の私を形成しているのであった。

カーン、パチン、ガサッ。

じっとベンチに座っていると、色々な音が耳に飛び込んでくる。

最初の音は落下途中のトチの実が幹に当たった音で、次は舗装面に当たって弾けた音、そして三番目は藪の中に落ちる過程の音である。普段、忙しく動きまわっているときには聞き止めることのない音が、じっとしていることで耳に入ってくる。もし、簡単に人生観を変えることができるとするならば、全く異なった世界が眼前することだろう。

さて、話は変わるが、このところ和尚の関心は植生に大きく傾いているようだ。樹木葬を発想することからみても、植物には少なからず関心があったのだろうが、一気に高まりを見せたのは樹木葬通信32に和尚が書いているとおり、東大教授の鷲谷いづみ氏が六月にクラムボン広場ほかを視察に訪れたこと、そして来年四月に再訪するとの連絡が入ったことによる、と私はにらんでいる。

植物生態学は極めて興味深く、且つ、難しい。止まることのない世界をどのように捉えていけばいいのか、常にとまどいを感じる。

ちょうど自分の人生に似ていて、捉えたと思った端から次々とこぼれ落ちていくといった感じなのだ。

確信はもてないけれど何やら法則らしきものが働いている気配は感じる。けれども、その法則も無数の自然条件が作用していて、しかも一つひとつの条件は変化して止まないから、私の如き者の人知をはるかに超えてしまう。しかし、毎年季節がくると決まったように花を咲かせる姿を見たりすると、どうしても捉えてみたい衝動に駆られてしまう。それはちょうど、「いまだ生を知らず、いずくんぞ死を知らんや」ではないけれど、既に生まれ、そして確実に訪れる死との間で、生きることに夢中になっている姿と二重写しになる。

生きるということは、たとえブレるとしても、変化する外部環境への対応のことかと思われる。不適応ならば、社会的死や生物的な死が待っている。とすれば、内部環境を整えることが極めて重要となってこよう。格差社会が進行する中で生じてくる歪みを一身に背負うことなく、静かにブレを楽しむのも案外手なのかも知れない。

（２００６年11月10日　第34号）

慈悲、謙虚、倹約

野外にでかけて豊かさを感じる時とは、日常の暮らしのなかで出合うことの稀な動植物を発見した時だろう。

七月に入って久保川流域の定点観測を行った。三十八号で紹介のあった生態系の補充調査が目的である。

「ハッチョウトンボが出現した」とのことで、調査の前に樹木葬墓地周辺をのぞいてみることにした。湿った草地に赤いシッポのトンボが二匹。それにしても小さい。以前に見たときよりも一層小さく感じられたのは心理的修正がはたらいているせいなのかも知れない。

久保川流域のクラムボン広場とその周辺は道路が無いこと、看視人を配置していることもあって間伐後の植生の変化を見るのには好都合の場所である。調査中に「月《ツキ》・日《ヒー》・星《ホシ》ホイホイホイ」との鳴き声が林間に響きわたる。サンコウチョウだ。夏に日本列島に飛来し、深山に棲息する。鳴き声を聞くだけでもうれしい貴重な鳥である。本中でアカショウビンやサンコウチョウを話題にしてきただけに早速のお出ましに心が弾む。

第二調査地点ではトンボやセミが羽化したばかりで、ぬれたような羽は太陽の光を受けてきらきらと輝いている。アオダイショウは脱皮したばかりのようで、石垣のうえでとぐろを巻いて体を干している。これらは人生におけるほんの一瞬の出合いであるが、再現不能がゆえに感動もひとしおである。生物多様性が生みだす豊かさのひとこまである。

感性は磨いておかないと感動が薄れるばかりでなく、しばしば人生を読み誤る原因となる。

感性を磨く重要性についてレイチェル・カーソンは『センス・オブ・ワンダー』の中で「地球の美しさと神秘を感じとれる人は、科学者であろうとなかろうと、人生に飽きたり疲れたり、孤独にさいなまれることはけっしてないでしょう。」と言っている。一貫して感性の重要性をとくレイチェル・カーソンだが、その重要性に気づかず、日常を過ごしてしまっていることも事実である。重要なものほど軽く見えるものなのかも知れない。

生物多様性について東大の鷲谷いづみ氏は

1．種の多様性
2．遺伝子の多様性
3．生態系の多様性

の確保が大切と言うが、流れは均一化、人工化に向かっており、環境破壊が人間の感性や生存に及ぼす影響の重大さにあまり関心が払われていないように見受けられる。ここでも逆転現象が生じているようだ。

人が生きていくに当たって慈悲、謙虚、倹約は大切な心がまえだが、これは生物多様性を確保するに当たってもそのままあてはまる。

とすれば荒廃は相当程度進んでいると言えよう。自然界は人間が把握することが不可能なほど無数の要因が相互に影響し合って成り立っている。人間もひとつの自然である。その中から一つ二つ三つと部品が欠けていったならばどうなるのか。経済発展や経済効率に片寄り過ぎた考えやモノの見方を急ぎ修正すべき時がきている。（いやとうに過ぎ去ってしまったか。）

（２００７年９月１日　第39号）

手入れ文化

雪の里山を歩くことになった。一行十人ほどの雑木林散策である。

車を降りて、小川のほとりの畦道をつたって雑木林へと向かう。ねこやなぎが銀白色の花芽をのぞかせている。しかし、わたる風は冷たい。

今日は和尚に「カンジキ体験」に誘われたのである。いかに北国一関で暮らしているとはいえ、カンジキは未知の世界である。雪とカンジキとそして初めて訪れる雑木林に心がさわいだ。

カンジキ

カンジキ指導にあたってくれたのはご存知の千葉喜彦さんで、カンジキも氏の創作という。輪の部分はアブラチャンで、爪の部分はイタヤカエデ、結びはサルナシと教えていただいた。

いざ入山しようとすると入口付近にトチの木が二本生えている。須川山麓の土壌水分の多い渓谷林では抱えきれないほどのトチの木を沢山見ることができるが、何故こんな所に生えているのだろう。でも、トチの実を播けば町でも育つので、珍しい木という訳ではない。ただここに生育している理由が思い当たらないだけだ。

道に沿って登山開始。マンサク、ミズキ、ハクウンボク、アカシデ、リョウブ、ホオノキ等に混じってヤマハンノキが春の訪れを告げるかのように赤い穂状の花を多数つけている。雪の上には動物の足跡が点々とあってけっこうにぎやかだ。ノウサギ、タヌキ、イノシシ等だという。

尾根に到ると、突然コココココッとキツツキのドラミングが響きわたる。アカゲラだろうとのこと。生き物の気配に風景は華やぎを増す。遥かに見渡せば霧氷地帯が斑らに展開されている。風の道筋がきっと複雑なせいだろう。アズサ、キブシ、ウリハダカエデ、カスミザクラと解説する千葉指導員の声が遠近にとどく、木肌と木の芽だけで説明できるのだから流石プロである。**自然の中に立つと学ぶことが、それこそ山ほどにある。**心地の良いひとときを過ごさせてもらった。

今年は平泉とその周辺が世界遺産に登録の予定である。そんなこともあって新年早々浄土についての話を聞く機会を得た。

「文化も自然から離れると虚構になってしまう。歴史的遺産が周辺の山河、町並みに調和し、その土地に住んでいる人々の生活のなかで、どう意識されているか。歴史と自然と現代との美しい全体性が求められている。」という内容だった。

一関にもその昔、中尊寺経蔵別当の荘園であった骨寺村が存在しており、同様に世界遺産として登録されることとなる。平安時代から延々と米づくりに励んできた地である。今日では、骨寺村のように昔のおもかげを残しているところは全国的にも殆どないという。何故それがわかるのかといえば「骨寺古絵図」が残存していて照合が可能だからである。自然に適切に関わっていくと崩壊の危機は免れることができるらしい。手入れ文化の誕生である。

（2008年3月1日　第42号）

『お葬式はなぜするの？』（講談社＋α文庫／2009・7）

碑文谷　創　著

「樹木葬を最初に始めたのは岩手県一関市にある臨済宗の名刹「祥雲寺」である。樹木葬墓地は、今では別院として独立して「知勝院」が経営している。住職は千坂嵃峰さんが双方の寺を兼ねている。

彼は北上川流域連携交流会など川づくり、里山づくりなど自然保護というか自然再生運動にそもそも関心が深く、熱心に取り組んできた人である。漢文や仏教を教えていて仙台の短大教授も兼任していた。

「していた」というのは、現在は病気のためもあり教授職を辞任しているからである。

彼が「墓」に着目したのは「寺の住職だからあたりまえ」と言われそうだが、自然再生の願いからむしろ発想されたものなのである。

理念が違う、ということについては常々聞かされていた。このたび「樹木葬の里」と商標登録をしたということを聞き知り、喜んでいる。思えば、「樹木葬」だけでは表現に不足なところもあったのだ。だから、樹木葬が市民権を得るとマガイ品や類似品が店頭に立ち並ぶようになったのだろう。

使用約款の目的の項にある、「この墓地は、美しい里山を保全しこれを後世に残すという主旨に賛同する者」という一項は、商標登録を行ったことにより他の追随をかぎりなく許し難いものにするはずである。

一関市の樹木葬を、「里山再生のプロジェクト」として紹介しているのが碑文谷創氏の『お葬式はなぜするの？』という本である。

こうしたアプローチは今では珍しくないが、最初に彼が発想したのはまさに「事件」だった。

樹木葬ができたのは一九九九年だが、これが報道されるやいなや、墓地として許可した一関市役所の担当者は急に大忙しになった。

彼は祥雲寺の樹木葬が「日本で最初」ということはまったく意識せず、「墓地、埋葬等に関する法律」にも岩手県規則にも抵触しないので、普通に許可を出していたからである。


（中略）


奥羽山脈と北上山脈の間に北上川流域が広がり、海は三陸と自然は豊かだ。民話で有名な遠野も岩手県にある。ところが離農が進み里山は荒廃の危機にもある。

住職の千坂さんは、〇〇反対と唱える自然保護運動だけではなく、積極的に自然再生活動をしようと決意した。彼に刺激を与え、彼を支える仲間たちも周囲にいた。

彼は首都圏の丘陵が墓地開発で荒らされているさまに憤激し、自然破壊の元凶の一つである墓地と自然再生を融合しようと考えた。


彼が考えたのは、墓石も骨壺を収めるコンクリートで固められたカロートもない、骨壺さえ使用しない墓地である。

樹木葬の使用約款の目的の項に、「この墓地は、美しい里山を保全しこれを後世に残すという主旨に賛同する者」が使用する、と書かれている。

決して自然の中に遺骨を放置することが目的ではない。

初期には使用料二十万円のほか環境保全費三十万円となっていた。現在は使用料五十万円となっているが、主旨は変わらない。

間伐研修に参加する墓地契約者や遺族たちも少なくない。

須川岳（栗駒山の岩手側での名称）の山麓にあり、自然が豊かな地で、雑木林の中のログハウスを利用し自然を満喫する契約者や遺族がたくさんいる。

私は樹木葬が切り拓いた地平を「生と死、自然と墓の共生」と名づけた。


（２００９年9月28日　第51号）

安易な道を選択することの危険性について考えを巡らせるようになったのはいつ頃か、又どのようなきっかけかについてははっきりとしているわけではない。多分、長年の選択の積み重ねのうちに次第に定着していったものだろう。例えばの話、うどんを塗り箸で食うか、それとも割り箸にするかというようなことまでいちいち考えているわけではないが、考えるに値するテーマというものはやはり存在する、と思う。

未来に希望を持てなくなったせいであろうか、安易な自己肯定が蔓延しているし、情緒や感情での反応は示すのだけれど、考えないクセ――思考放棄や思考停止――の人が多くなっているようだ。（168頁参照）

『樹木葬和尚の自然再生』（地人書館／2010・3）

千坂嵃峰 著

今、共生という言葉がさかんと使用されているが、野生植物や野生動物には当てはまるものの、自立思考からほど遠い、あるいは考えることを放棄してしまった人間とは、共生という言葉は無関係である。**共生とは自立を前提として成り立つ概念であり、無意識のうちに拡大している依存心を前提にはしていない。**しかし、あらたな共生社会の構築を求められている時代にあっては、困ったことでもある（このことによって生活基盤の侵食がどんどん進んでいる）。逆に言えば失われてしまった時代であるからこそ共生が声高に叫ばれているのかも知れないが。

☆

『よみがえれ知床』が辰濃和男編著で出版さ

れた。

　知床がユネスコの世界自然遺産に登録されたのは平成十七年のこと。それは三十三年前、一区画八千円で「森をよみがえさせる夢」を買いませんか、という呼びかけに始まっている。原生の森再生の道への第一歩である。それは自然に対して謙虚な態度（調査を欠かさずたえず見直す姿勢。注意深く、慎ましく、あせらず、自然に対して畏敬の念を抱きつつ作業を進めるという心構え）でのぞむという基本姿勢をもって取り組まれた。

　「知床100平方米運動」は小さな町の大きな運動であった。その運動も平成九年を境に夢を買う運動から夢を育てる運動へと変わっていく。人手によって壊された自然を人手によって原生の森へと変えていくという遠大な夢への挑戦である。しかし根本には自然の再生なくしては豊かな人間生活を営むことができないという信念とも言えるものがあった。

☆

『樹木葬和尚の自然再生』は樹木葬の里整備について千坂和尚の理念とその活動を語ったものである。「豊かな生態系を構築することはもちろんですが、そのことによって、この地域に本来あるべき姿を地域の皆さんと一緒に考え、素晴らしい景観と文化を共有し、世界に向けて発信していきたい」と夢を語っている。

　樹木葬墓地を含む久保川流域の自然再生を中心とする取り組みは、昨年の暮れ、日本ユネスコ協会連盟の第一回プロジェクト未来遺産に登録された。**「生物多様性」とは、思えば人間の健常な営みの代名詞**なのであった。知床も久保川も人間の夢が築きあげた。夢を抱きにくい現代（自分の頭で考えようとしないのだから当然だろう）にあって、両書は、生きるということはどのようなことなのか、ということを示唆しているようだ。


（２０１０年５月１日　第57号）

『にっぽん自然再生紀行』（岩波書店／2010・4）

鷲谷いづみ 著

日本各地で自然再生に取り組む人達のフィールド十六カ所を訪ねる旅。その一つに「一関の樹木葬」がある。

一関地方は暮らしやすいところであると言えよう。少なくとも虫や草にとっては。その良さを鷲谷教授に案内していただこうと思う。

「知勝院は、地域の自然再生と生物多様性保全の拠点ともいうべき役割によって、現代の非営利機関としての存在感を、ひときわ高めているお寺の一つである。その手法の一つが樹木葬だ。（中略）

知勝院の自然再生への寄与は、トレッキングコースや樹木葬の墓地だけではない。

ご多分にもれず、この地域にも管理放棄された雑木林が多い。林の下は暗く、生きものの気配に乏しい。知勝院はそんな林を自然体験研修林として購入し、里山林にふさわしい管理を施しているのだ。（中略）

この地域は、ナチュラルヒストリーの研究者にとっては宝の山といえるほど、里の生物多様性に満ちた場所である。近隣にある千カ所ほどのため池の多くは水草が豊かで、希少な種も含む、多種多様なトンボが生息する。六月初旬には、ヒツジグサが満開となる。」

鷲谷教授はここで改めてご紹介するまでもなく東京大学の教授で、この地に多くの研究生をおくり込んでいる。そして久保川イーハトーブ自然再生協議会の指導者として活躍していただいてもいる。そのついでといっては失礼に当たるかも知れないが、我が身を置いている一関市社会福祉協議会の企画「地域で暮らす――五回連続講座――」の一つを、特任研究員の須田真一氏に担当していただくという栄に浴した。

さて、話を自然再生に戻すと、久保川イーハトーブ自然再生協議会では新たに「長倉地区における落葉樹林の保全・再生事業」に取りかかろうとしている。対象となる地域は、放牧放棄地、スギ人工林、管理放棄雑木林等で構成される一帯で、植生の単純化が目立つ。

そこを計画的且つ慎重に手入れをして、かつての生態系を再生させようとするねらいだ。

そこでの自然再生への取り組みを楽しめるか否かは、ひとえに心の余裕にかかっていると言えよう。余裕とテーマの発見ということになれば、ライフスタイルの確立の一語に尽きる。だがそれが難しい。

和尚さんは自然再生をめざして樹木葬墓地を構想した。次に、知勝院を活動拠点とする久保川イーハトーブ自然再生研究所を立ち上げた。そしてそこを基軸に平成二十一年五月に久保川イーハトーブ自然再生協議会を発足させている。活動は外来動植物の除去に加え、新たに先に紹介した長倉地区の雑木林再生が加わる。今のところ事業の拡大は留まることを知らない。

最後に、鷲谷教授の言葉で締め括りたい。

「和尚さんと協力者のみなさんが目を光らせているかぎり、この豊かな里と里山の生物多様性は、末永く安泰だろう。」

かくありたい。

（2010年7月1日　第58号）

『ケアとは何だろうか』（ミネルヴァ書房／2013・6）

広井良典 編著

『ケアとは何だろうか』と題して一冊の本が編まれた。

社会保障制度を専門とする千葉大学の広井良典教授が編著で、十八人の著者がそれぞれの専門分野からケアにアプローチしている。

嵃峰和尚もそのうちのひとりで、題して「ケアと死生観―樹木葬の挑戦　いのちを見つめる墓地―」。樹木葬墓地のねらいとその活動について紹介している。

まずケアの概念について広井教授は狭義から広義まで順に「介護、看護」→「世話」、「配慮、気遣い」、さらに近年では人と人との、あるいは自然等との「関係性」とほぼ重なるような意味で、ケアが使われていると序章で言う。

本書で扱われているケアは勿論広義のそれであり、それだけに多様な取り組みが紹介される結果となっている。このことは逆の言い方をすれば、今の時代はそれだけケアのニーズが高いということであり、現代社会は行き詰まりの様相を呈しているということなのであろう。

何がそうさせたのかについては本書を読んで頂くこととして、一言いわせて頂ければ、戦後個人の自由への希求の強まりや経済成長一辺倒の考えが大きく影響していることは間違いのないところであろう。そして、そこに通底しているのは人間の欲であり、それが肯定されてきたということであろう。

しかし、欲のこわさについては二千五百年前にすでにブッダが言っていることであった。

振子が振れ過ぎた故にであろう、今「関係性」の回復が求められている。


嵯峨和尚に話をうつそう。

我々は心の安寧を求めている。それを「自由」や「経済成長」に求めてきた結果、それは不安に向かわせるだけだったということを知った。

振子が極端まで振れてしまった時、気付かされたのがこのことだった。

そこで登場するのが「さとやまの生物多様性」である。自然とのつながり、生命のつながりを感じとってもらうには豊かなさとやま―さとやまの再生―が重要だと考えたのだ。

放置された雑木林や耕作放棄田は全国いたる所に存在している。それを手入れすることによって、生物多様性を蘇らせ、生命のにぎわいを創出していく。そして、その環境の中に身をひたすことによって**生命のつながりを体感して**もらう。それが永遠性へとつながっていくとの構想である。

3・11の大震災はこれまで歩んできた道に疑問を投じた。ここでケアという言葉がきっかけとなって、既存の価値をうたがい、一人ひとりがそれぞれの道を構築することができるとすれば、個人も社会も、ひいては自然環境も変わっていくにちがいない。


（2013年7月10日　第77号）

岩井

『ニッポン景観論』（集英社新書／2014・9）

アレックス・カー　著

日本美、特に書画骨董や日本の自然そして農村景観や都市景観をこよなく愛する著者は、何ゆえにその美しさが失われていくのかとその原因を探っていきます。

喪失のスピードは高度経済成長と歩みをともにして加速していきました。日本は他の先進国と別な軌道を進んでおり、そのルーツは明治維新のきっかけとなる「遅れ」の意識ではないかと見定めます。

失われゆく日本美を惜しんで「美しい日本を求めて」というテーマで各地で講演を行っていくのですが、「もっと多くの人に伝えてほしい」という意見に応えるかたちでまとめられたのが本書です。

まず目につくものとして電線、看板、公共建造物等が取り上げられていますが、或いは著者に指摘をされなければ疑問を抱くことがないということも充分考えられることです。実はそこが問題なのですが。

まずは「景観」について確認しておきましょう。新明解国語辞典によると「その地域の野外風景のうち、山・川・湖沼・森林など自然が形成する自然景観と、人間の営みの加わった集落・耕地・交通路など文化景観の称。」となっています。

指摘の第一は電線です。

友人に、どこまで行けば立て看板、電線、コンクリートが見えなくなるのか、と尋ねられて答えることができなかったと一九九三年に出版された『美しき日本の残像』に書かれていますが、その頃から問題意識として電線は著者の視野に入っていたわけです。

世界の先進国では地下埋設がどんどん進んでいるのに何故日本だけが立遅れているのだろうか。理由は色々あろうとも結局は便利さ優先、美意識の欠如というところに落ち着くのではないか。

　ところで、**知勝院を訪れたときに感じる爽快感の背景の一つに電線が目に入らないということにお気づきだったでしょうか。**

　次は看板です。

電線がない知勝院の景観

　看板の必要性は認めるものの、目的に応じて色、大きさ、形状、素材、数量、字体などが考慮されるべきであって、ただ目立てばいいという姿勢が強く感じられ、その一例として同一目的のために複数の看板を設置し、結果として感覚がマヒしてしまってメッセージが伝わらないという現象を惹起しているということ。

　第三は公共建造物や土木工事です。

　自然環境への影響をいかに小さくして環境との調和に配慮するかというのが世界の傾向ですが、看板と同様ゴタゴタ、奇抜さ、自己主張の強さが目につきます。「いかに奇抜なデザインで歴史や自然を圧倒しているか」を基準にアレックス景観賞を設定するとしたならば日本の公的な施設全般が受賞の対象になりそう、と皮肉を言っています。

　すでに成長から成熟へと時代が移り変わった今、公金をプラス（新設）に使うのではなくマイナス（過去の負の遺産の撤去）のために活用するということが大切です。人工工作物は自然環境破壊のうえに成立します。しかも直接的な破壊にとどまることなく、特に自己主張のはげしい工作物は辺りの景観をも台無しにしてしまいます。それらを撤去して本来の日本の美しさを取り戻していくこと。手中に宝物を抱いている（明珠在掌）日本です。そのことに早く気付いて欲しいというのが著者のねがいです。

（２０１５年１月１日　第86号）

『さとやま』（岩波ジュニア新書／2011・6）

鷲谷いづみ 著

保全生態学と仏教は、人の生き方をしめすという点において、意外に近しい関係にあるのではないか。

近年、里山保全は大切な課題のひとつとして脚光を浴びており、各地でさまざまな取組みがなされているが、それら取組みのうちから画期的な事例として三つを取りあげておられるのでまずそれを紹介しましょう。

その一がマガンの越冬地を確保する宮城県大崎市の「ふゆみずたんぼ」、その二はコウノトリの野性化をめざす兵庫県豊岡市と農家の取組み、その三が里山再生と墓地を一体化させた一関市の樹木葬墓地の取組みです。

「岩手県一関市の小河川、北上川水系久保川の流域では新しいしくみと科学的なモニタリングを重視した自然再生事業が進められています。（中略）地域での中心的な担い手は、久保川イーハトーブ自然再生研究所です。所長の千坂げんぽうさんは、ヒトの鎮魂と多様なさとやま生物の生活場所の再生を同時に実現する埋葬法、樹木葬を提案し、実践しています。」

『さとやま』は生物多様性の保全が中心テーマとなっていますが、人間の生き方に関わる部分もけっこう多いのです。短期的には合理的選択に見えても長期的視点に立った場合には間違っていることがいかに多いかと繰り返し述べられております。

人間はより豊かな生活をめざして活動してきましたが、今や地球資源の減少という課題に直面しています。現代人の生活形態は地球の許容量を大きくこえていることが指摘されています。

鷲谷先生は前著『自然再生』の中で、「ペットと園芸植物だけになってしまった若い人にとっては何が問題にされているのか、何を取り戻さなければならないのかを理解することすらむずかしいのではないだろうか。」と言っていますが、とはいえ悲観でとどまってばかりもおられません。

最近、『生物多様性』（本川達雄著、中公新書）という本が出版されました。次にキーポイントと思われる個所を抜き書きします。

「そもそも生物とはどのようなものかを理解しなければならないし、生物を取り巻く環境や、生物と環境との関わり合いである生態系の理解ももちろん必要です。遺伝子の理解もいります。遺伝子から生態系まで、さまざまなレベルの生物学を理解してはじめて生物多様性の大切さがわかるのであり、これはけっこう大変な作業です。」

しかし植生保全のためにそこまで待っているわけにはいかないでしょう。

五月九日にダンロップ東北の社員六十人ほどが知勝院周辺の自然再生活動のために汗を流してくれました。このように、体験を通して学ぶという方法もあると思われるのです。或いは樹木葬墓地の利用契約を結ぶことによって、間接的に自然再生に貢献するという方法もあるのではないかと思います。

久保川流域の自然は、自然再生研究所の活動のみならず地域住民の日常活動の中で守られています。それは住人が意識していると否とにかかわらずです。

中央大学特任研究員の須田真一さんは「久保川という流域単位でこれだけ自然が残っていること、そして自然保護の対象として特別に守られているのではなく、日常生活の中でこれだけ自然生態系が残されている地域は全国的に見てもきわめて稀なケースである。」と言っていました。

生活を着実に守っていくことが生物多様性を育む環境保全活動となっているのです。『さとやま』をそんなふうに読んだのですが、はたしてジュニアはどのように読むでしょうか。

（２０１５年７月１日　第89号）

『野生のゴリラと再会する』（くもん出版／2012・12）

山極寿一 著

マウンテンゴリラの国に留学した男・山極寿一について書けとのお達しが先住職からあった（図書付き）。俺が何故ゴリラについて書かなければならないのかというとまどいは当然のこととしてありました。接点がひとつも見出せないのです。聞けば四年前に久保川イーハトーブ自然再生協議会主催の日本学術会議のため来関され、その時京都大学の研究者も引きつれてきており、樹木葬の営みについても関心を抱いていたようだとのこと。とはいって「何故俺がゴリラを？」という疑問が消えてしまったわけではなかった。しかしながら、お達しはお達しである。さてとゴリラは人間に近いのだから人類から順に類人猿、哺乳類、動物、生物というように枠を拡大していけばどこかで接点を見出せるかも知れないと思ってみたりもした。そんな時、毎日新聞十一月一日の「時代の風」に関係性の重要性について、そして人間の心の重要性について山極寿一氏が書いているのに目がとまった。まずは本書の物語のあらすじから紹介したい。

二十六年前にゴリラと遊んだ—とはいっても研究なのだが—現地への再訪のはなしがもちあがった。あのとき一緒に遊んだタイタスははたして私を覚えていてくれるだろうか。期待と不安がたかまってくる。

そもそも読者の私からすれば「ゴリラの国に留学」なんてとんでもないぜいたくのような気もするし、人離れしているが故に共生と多様性尊重の価値観を体得できるような気もした。ゴリラになりきって研究するというスタイルは犬・猫・魚や樹木等とのふれ合いにも応用できるようにも思えた。仏教に言う「妙観察智」とでも言うのであろうか。無心に観察し続ける著者には思いもかけないことが見えてくるようなのである。『正法眼蔵随聞記』には自分を捨てて仏陀の行道に従えという指南が再三にわたっているが、ゴリラとの対面観察にあっても先入観はきわめて禁物なようである。
それでは次に著者の妙観察智の一端をご披露したい。

・ゴリラの赤ちゃんは人間と違って泣かない。なぜだろう。

・遊びはゴリラの子どもたちが仲間と生きていくための社会的な技を身につける大切な場である。とはいえ人間も同様の気がする。

・ドラミングはまだ一才にならない赤ん坊だってたたく。闘争の意志表示であるはずがないではないか。

・相手をじっとのぞきこむことは相手の心中を理解しようとする行為であり、人間が言葉をもったことによって失ってしまった能力だ。

ゴリラとの相互理解についてニシローランドゴリラに襲われたことをあとがきに記している。つまりはこういうことだ。ゴリラと一口に言ってもマウンテンゴリラとニシローランドゴリラは違っていた。「最近、この二つのゴリラは、今から百七十五万年前に分かれたことが明らかになった。」

ヒトとゴリラの共通の祖先からゴリラが分岐したのが約九百万年前。ヒトの祖先である猿人が分岐したのが約四百万年前。そして現生人類の祖先であるホモサピエンスが誕生したのが二十万年前とされている。（『ヒトはこうして増えてきた』新潮選書より）とすれば、百七十五万年前に分岐したということは一見似てはいてもそれぞれがとてつもない長い歴史を別々に歩んできたということになる。「わたしのエピソードから、ほんの少しゴリラの世界をのぞいただけだと思ってほしい。そして、ゴリラにかぎらず、野生動物たちの世界にはまだまだわからないことがある」と。先の「時代の風」には「敵意のないことを辛抱強く示し続ければゴリラは態度を変えて人間を受け入れてくれる。十年近くかかったが、やっとゴリラと私たちは落ち着いて向かい合えるようになった」。しかしながら、十年かかって関係を構築できたのはたった一つの群れだけという。

著者はこのようにして、自ら得た答えを簡単に一般化する危険性を説く。どのような関係を構築することができたのか、あるいは似て非なるものをどこまで一括してとらえることができるのか。分類学的思考は微妙なバランスのうえに成立しているようである。

（2016年1月1日　第92号）

『京大式おもろい勉強法』（朝日新書／2015・11）

山極寿一 著

「おもろい」という言語感覚は、人間が生きていくうえで、きわめて重要ではないだろうかという確信のうえにたち、著者は京大総長就任に当たって「おもろいことをやりましょう！」をキャッチフレーズにしました。

ポイントは三つ。
1．相手の立場に立って物事を考える。
2．状況に即して結論を出せる。
3．自分が決定する。

これは、実りある対話をするための対人力向上策として挙げられたものですが、これがそのままおもろいに当てはまるのではないかと思われます。

ところで、おもろいと面白いの違いについて、それは相手をおもしろがらせることができるかどうかにかかってくるというのです。

自分一人が面白がっても相手のこころをゆさぶることができなければそれで失格。これを著者は共有感の有無と言っています。おもろいには「価値のあるなしではない。役に立つかどうかではない。おもろいか、おもろないかが肝心なのです」と言いきります。

おもろい、楽しいとはどんな境地なのでしょうか。およそ目的を持つと行動は手段と化してしまって大概のことは楽しくなってしまいます。観念の確認に堕してしまうことが多いからです。（ただし北に向かって進むときに北極星が有用なように、目標を持つことは大事なことと思われます）。おもろいにはそこに個としての人の生き方と社会人としてのあり方の双方が包含されているように思われます。

横道にそれますが論語に楽しむということについて次のような話があります。

「子曰く。これを知るものは、これを好むものに如かず。これを好むものは、これを楽しむものに如かず」

孔子をもうらやましがらせた顔回のライフスタイルも孔子という知己があってこそ、と思われるのです。この容易ならざる世界を最近のスポーツ番組を見ていると「楽しみたい」を選手は連発しています。どこまで本当なのかしら。
1.『相手の立場に立って物事を考える』
その一例として「ゴリラになった目で人間を眺めてみると、人間がとても不思議な動物に見えてくる」ことを挙げています。自分の固定観念にとらわれていると何も見えてこない。どれだけ「他人の時間を生きられるか」どうか。三月二十七日付毎日新聞「時代の風」欄で著者は次のように言っています。

「効率化や経済化の観点から時間を定義する必要が生じた。つまり、時間はコストであり、金に換算できるという考え方である。（中略）せっかく得た自分だけの時間をも同じように効率化の対象にしてしまった。自分の欲求を最大限満たすために、効率的な過ごし方を考える。」

それでは満たされることがないばかりか孤独になってしまうのではないか。他人の時間を生きられるかどうかは自分へのこだわりから抜け出せるかどうかと同義です。これは人生を楽しむためのキーポイントにもなりそうです。
2.『状況に即して結論を出せる』は、3.『自分が決定する』ことと密接な関係がありそうです。普段は何げないことでも危機に直面した時の咄嗟の判断は生死の分岐点になってしまいます。それは日常の経験の積み重ねがキメ手となってきます。他人の判断にまかせてしまうとラクだかも知れないけれど「自分が決定する」ことにならないし、経験があいまいなものになってしまいがちです。そして肝心なことはおもろなくなるということ。禅語に「随所に主となれば立処皆真なり」があります。ブッタも最後に「自灯明」を説きました。
おもろいとは独自の視点に立って、今まで誰も見つけることができなかったものを見出すこと。それを著者は「アートの発想」にたとえています。みずから発想して他人に感動を与えること。容易ではないかも知れませんが、輝かしい世界です。

（2016年5月10日　第94号）

『ゴリラは戦わない』（中公新書ラクレ／2017・2）

山極寿一、小菅正夫　共著

野生動物が優位を占める自然空間でゴリラの生態を観察している学者と、人間が優位の動物園で野生動物を見てきた前・旭山動物園長が「野生とは何か」ということを鏡にして、今日の人間社会を映し出していきます。そうすると当たり前のように思えていた事象が次第に異常なことではないか、と思えてきたりもしてくるのです。

人間は火を扱う力を得たことにより自然界に働きかける力を一気に強めました。それが狩猟採集生活から農耕牧畜が起こるきっかけになったのではないかと言われています。以降、地球上の生態バランスは崩れていくのですが、それが玉突き状態となって、めぐりめぐって今度は人間の心身に影響を及ぼすことになってしまったとしても何ら不思議ではありません。

現在、地球上には人間が七十億、牛が十五億、ゴリラはせいぜい十万頭と言われると、人間の環境改変力のすさまじさがわかります。加えて、本書では言及されていませんがヒツジ、ブタ、ニワトリなどに加え、これらが必要とする飼料を含めると、地球は人間のために徹底して利用されているということができるでしょう。

山極氏は「野生を失った時、動物園も人間も進化から切り離された、ただの人工物に成り下がってしまう」と言いますが、それはどうやら退化現象となってあらわれてくるらしい。ところで、我々人間は自然の中で生きているのだが、直接自然とふれ合う場面は少なく、文明というシェルターに覆われた中で生きている。そうした中で、「野生って何だろう」と考えると、きわめて複雑で難しい問いとなってくる。

まずは、本書をたよりに少しずつ近づいて行くことにしたい。

①動物にとって「生きることは食べること」です。動物は食生活を成立させる課程で自然と直接かかわってきたと言えます。さて「類人猿というのは（中略）ちょっとずついろんなものを食べ歩くようにできていて、だからこそ小さい頃に親について歩いて、信頼関係を通じて何が食べられるかを覚えないと、複雑なジャングルの中では住めないわけです。」

親が食べたものを見てそれを子が食べる、この親子の信頼関係が生存のための一大要素となっています。この食生活が構築されないと餓死するしかなくなってしまいます。

②「動物は、子どものために生きているんですよ。（中略）自己実現というのは、自分の時間を使って、自己を高めることというふうに解釈されていますけれども、本当にそれで幸福なんですか。」と自己実現に対して疑問を呈しています。自分に対する関心が強まるにつれて相対的に他者に対する関心が低下していきます。同時に関係性も低下していきます。

先日NHKのテレビ番組「世界のいま」で、世界幸福度ランキングが報じられていました。一位がコロンビアで、その理由が「家族間の信頼」ということでした。日本は言わずもがな。

③「将来に対して〝保険〟をかけて、自分が負けなくてもいいような準備を今からしているわけでしょう。でも考えてみれば、自分の将来をお金によって売り渡しているわけですよね。」

④「構えというのは、やはり相手に言葉以外のものを伝えていますよ。だからゴリラはまさに『構えのコミュニケーション』をやるわけです。」

言葉では伝えることのできない世界があって、人間同士でも理解できるレベルに達しないと伝わらないという分野はたしかにありますね。

今日の「勝ち負け」という競争社会は、社会システムの複雑・巨大化に伴って孤立化を深めています。まるでお金を信用し、人間を信用していない社会のようです。

自分へのこだわりをいかに少なくしていくかというのは仏教の中心課題だと思いますが、**山極氏はゴリラの観察を通して、逆行する現代社会に対して警告を発しているか**のようです。

『ゴリラは人間よりもカッコいい!!』
（２０１７年７月１日　第１０１号）

『ウニはすごいバッタもすごい』（中公新書／2017・2）

本川達雄著

生きものと言えば動物と植物。

「動物というとどうしてもわれら人類の仲間である脊椎動物に目がいきがちになるものだが、（中略）動物の種の数はおよそ百三十万。脊椎動物は約六万種だから全体の五％以下で、大半の動物は無脊椎動物なのである。」

そして、「動物の中で一番種の数が多いのは昆虫である。なんと全動物の七割以上は昆虫」なそうだ。

そう言われると、『ウニはすごいバッタもすごい』というのもうなずけるではないか。

本書に登場するのは最初にサンゴ、次いで昆虫、貝の仲間、棘皮動物（ウニ、ヒトデ、ナマコ）である。そして、脊椎動物が属する脊索動物（ホヤ）がくる。ホヤがわれわれと同じ仲間と云われてもとまどってしまうが、とにかく、分類学上はそのようなくくりになるらしい。

まずはバッタの属する昆虫について見ていきたい。「昆虫は二段階のステップを踏んで大成功への道を歩んでいった。まず乾燥しにくい体をもつことにより陸を制覇した。これが可能になったのは、体を乾燥から守ってくれるクチクラの外骨格をもったためである。次に羽を生やして空を制覇した。これができたのもクチクラの外骨格のおかげである。昆虫の大成功は、ひとえにクチクラというきわめて優れた材料の開発にかかっていたと言っていい。」

昆虫大繁栄の理由の一つに小さいことがある。大きくなることによって栄えたのは哺乳類だが、昆虫は小さいがゆえに栄えた。理由は次のとおりである。

「①小さければ世代交代の時間が短いから、どんどん変異を生みだす。
②小さいと環境の変化にも弱いから、それらの変異がどんどん淘汰される。」
次に挙げられるのが共進化である。「特定の昆虫に蜜を与えるように花が進化し、その花から効

率よく蜜を集められるように昆虫のほうが進化して、共に進化しあうこと（共進化）により、被子植物も昆虫も種の多様性が高まっていった。動物の種の七割以上が昆虫、全光合成生物の約七割が被子植物。（中略）このものすごい多様性は、両者の共進化によって生じたものである。」

クチクラ、小型化、共進化について挙げられるのが変態。「昆虫の変態には、不完全変態と完全変態がある。（中略）完全変態するものは、進化的には最も新しいものである。

この仲間では、幼虫と成虫の間に蛹という運動できない期間が入り、成虫は幼虫と大いに異なる体をもつ。（中略）この仲間は昆虫の種の、なんと八十三％を占めており、つまり昆虫のみならず全生物の中で最も繁栄しているのがこの仲間なのである。」

幼虫は葉を食べて這いまわりつつ成長し、ちょうど花の咲く頃に変態して成虫になる。成虫はもはや葉を食べることはなく、花の蜜を吸っては空を飛びつつ配偶者を得て後継者を残していく。だが花の命はけっして長くはない。

インドには古来四住期という思想がある。学生期、家住期、林住期、遊行期がそれで、起承転結で云えば林住期は「転」であり、成虫への脱皮のため力をたくわえているサナギのようなもの。当然ながら学生期と家住期は幼虫の時期となる。

今日の社会のように金銭経済一色に染められた社会になってしまうと、消費に追いつくために働きつづけなければならないということになりがちで、**変態することなく青虫的生活で一生を終えてしまう**、という結果になってしまいかねない。

昆虫以外の無脊椎動物については、昆虫のように大繁栄しているわけではないけれど、何億年も地球環境の変化に耐えて今日まで生き続けているのだから、学ぶべき点は多々あるはずである。ウニ（ナマコ、ホヤ）については食味しながらいろいろと考えをめぐらせて楽しんでいただきたい。

最後にユクスキュルのウニについての一言を紹介しておきたい。

「ユクスキュルは名著『生物から見た世界』の中でこう書く。「イヌが歩く場合は、イヌが足を動かすのだが、ウニが歩く場合には足がウニを動かすのである。」

おどろくほど世界は多様なのだった。はたして、人間の場合は感覚が動かしているのか観念が動かしているのか。

（２０１７年９月１日　第１０２号）

日本の庭は外来種でにぎわう

高度成長の最中の頃である。

その頃、もし庭づくりのチャンスにめぐり合うことができたならば、雑木林の庭にしようと思っていた。

石組は素人仕事ではできないから、職人に頼むが、植樹は自分でヤレル。何ノ事ハナイ。土地ヲ買ッテ、石組ヲ見積ルト、樹木にカケルマデノオ金ハ、計算上ナカッタ。

しかし、そうとばかり言い切れないところも無い訳ではなかった。

シダ植物庭園の目論見である。それは近所に造られた職人の庭を見て歩いていると、共通して感じられる不自然さに対するささやかな抵抗の目でもあった。

安らぎを求めての庭づくりが、ニギワイのあまり落ちつきを失わせているものとして、目に映るものが多かったからである。結局この「雑木の庭」の選択が多くの収穫をもたらし、庭づくりの遊びが、私の人生観に大きな影響を与えた。

後日の「樹木葬墓地」整備にあっても、これは良い導線になっていったように思う。

何故人生はこんなに楽しいんだろう、そんな側面があるものだから、生存の迷いも仕方がないナァ、と思ったりもする。

当時は経済成長期の真ン中にあって、庭づくりは流行っていたが、自生樹だけの庭づくりのお手本などはどこにもない状態だった。

ニワカ庭師と呼ばれるニワカ職人は皆、埼玉県川越市から樹木を仕入れてきては庭づくりをしていた。このことは一関に限ったことではなかったかと思われる。

その頃を振り返ってみると、すでに自生樹の種子を採取しては山畑にタネを播き、苗木を作っていた男がいた。今、樹木葬整備の中心的人物となって活躍している東日本造園の園主、俗称、ヒゲの千葉喜彦氏である。

千葉氏の存在は樹木葬墓地の整備がはじまった頃、既にテレビ放映で知っていたが、それが樹木葬と結びついたのは、先住職・嵃峰和尚から「樹木葬墓地整備構想」の中心人物の一人としてかかわってもらっていることを教えてもらったときからである。

解良《けら》家は故郷に帰った良寛のスポンサーである。その解良家の文書『良寛禅師奇話』によると、良寛が解良家を訪問し、去ること数日間は穏やかな日々が続いたという。

私の入院生活も後半になってくると、今まで気づかなかったようなことがおこってきた。

良寛の場合と全く反対なのであるが、病室に出入りする人が明確に二分されてくるのである。有難味を感じる人と、うるさく感じられる人にである。別に、不親切だから、というわけではないにもかかわらずにである。きっと、自然のリズムにあわないことが、耐え切れなくさせるのであろう。

十月十六日。ついに「個室」を選択することになった。

木を植えて、植物を楽しむ気持ちの中には心の安らぎを求める気持ちがあるのだろう。しかし、それを植物の自生地と結びつけてみる人は少ないようだ。川越市は「植(うえ)だめ」を作らせようと広く国内外から良質の庭木を用意しているわけではなく、これは、あくまでも庭づくりをしようとする個人の選択である。周囲を見わたせば、中国朝鮮等の植物が多く植えられている。長い時間の協力を得て、楽しみながらつくりあげた庭がこれだったのかと気づくまでには、しばし時間を必要とする。と、ちょうどその頃バブルははじけ、車社会は破裂せんばかりにふくらんでいたから、ほとんど迷わず庭は、駐車場へと変貌していった。

それが雑木林の庭として復活の気配を見せ始めたのは、ここ数年のことである。

理由は、庭づくりに熱中した人ほどウスウス気が付いていたはずである。それは自然生態系に注意を払うこと少なくして、自らの欲求のおもむくままに庭づくりを展開してしまったということに。生きるということは、自然に近づくこころみであったのだった。

(**絶筆**　２０１７年11月１日　第１０３号)

岩井君に贈る言葉

千坂 げんぽう

岩井君、最後に手を握り別れをと思い面会希望を奥さんに伝えたが、既に話が出来ないというこことで辞退された。しかし、それ以上に今の姿を見せたくないという男の美学がそうさせたと思う。そこでこの手紙となった。

思い返せば私が一関市に戻って、奥様公認で飲めるヤスさんの店「むぎ」でノンベイの二人が出会い、大いに語らい始めて三十五年になる。市役所では文学、哲学、自然などを語らう仲間がいなかった不満が、私が居たことで「むぎ」での発散となったのだろう。

平成十一年に私が日本初の樹木葬墓地を始めてからは、君が樹木や山野草に疎《うと》い私の先生となった。その後、自生樹の種子を採取して苗木を作っていた東日本造園のヒゲの千葉喜彦君が樹木葬墓地に関与し、三人で飲む機会も大分あった。千葉君が加わってからは君も樹木葬墓地の整備に大分満足した事だろう。このことは樹木葬通信103号での君の文で窺《うかが》い知れる。

知勝院の会報である樹木葬通信は、平成十二年に第1号を出したが、しっかりした体裁にしたのは平成十三年（二〇〇一年）で、第1号から岩井君は文章を毎号載せてきた。最初の文は「蘇る雑木林」という題だった。エッセイの名手であった君は、毎号優れたエッセイを寄稿した。市役所在職中に市の広報に連載した一関の地名が掲載されている本の紹介記事が終了して以来、樹木葬通信がそれを引き継いだ。その後、私が自然再生推進法に基づく会の久保川イーハトーブ自然再生協議会を立ち上げてからは、生態系に関する本の紹介が多くなった。

岩井君！　知勝院の会報・樹木葬通信は103号だぞ。東日本大震災後「むぎ」さんが廃業したので、代わりの店・「浜ちゃん」で飲んだときの事を覚えているか。たしか86号か87号くらいの時、私が「100号までは頑張らなくては」と言った時、君は「百歳位までと気持ちを大きく持たないといけない」と励ました。私は大病を経験したこともあり二～三年先しか生きる自信が持てないと言った時、君は元気づけてくれた。そして、樹木葬墓地二十周年には、樹木葬通信に載せた文章を本にまとめようと話した。

今や知勝院を中心とする「久保川イーハトーブ世界」は「重要里地里山」に環境省が選定したように日本一の「さとやま」と言えるようになった。秋の知勝院総代会へ君が出席する予定のハガキが届いた。それで、103号に私が書いたアケボノソウの大群落を見せることが出来ると喜んでいたのにもかなわず、見事な紅葉も案内出来なかったのはまことに残念だった。

最後に、君の文章を知勝院二十周年記念事業でまとめることを約束して惜別の辞を終える。

（十一月一日書、十一月七日弔辞とする）

（2018年1月1日　第104号）

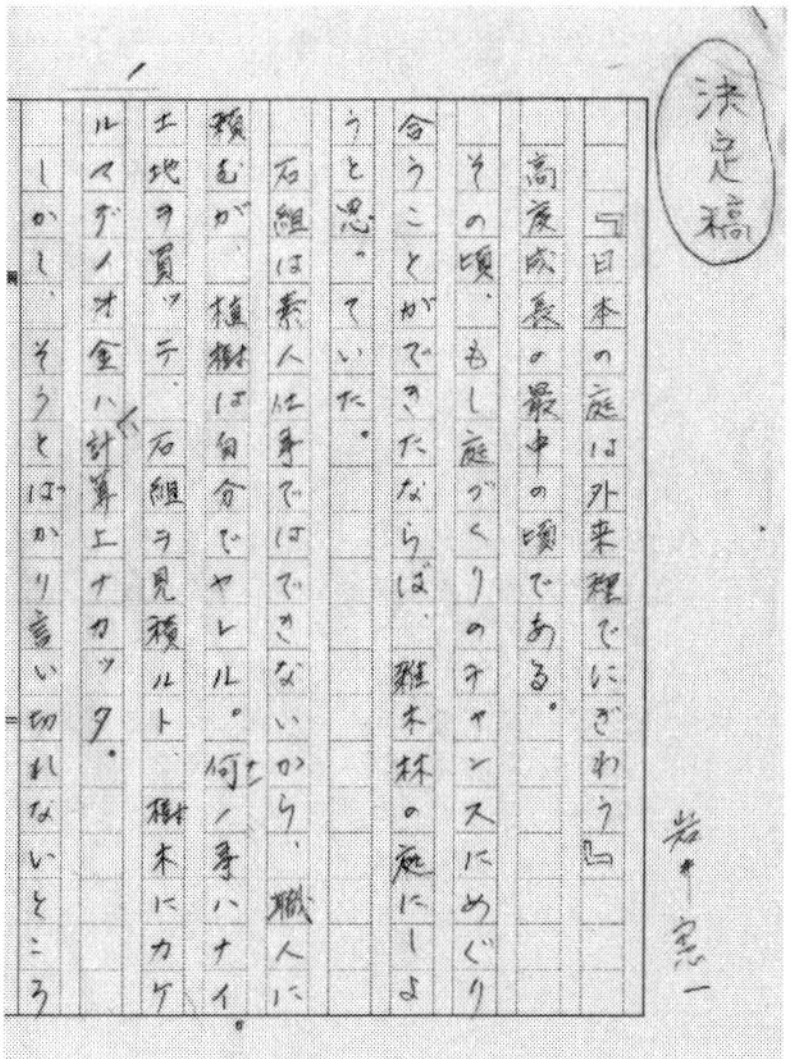

絶筆となった手書き原稿

あとがき

この本は今は亡き岩井憲一君と約束した、日本初の樹木葬墓地創立二十周年記念事業の一環として考えていたものである。しかし、来年迎える二十周年を待たず彼は黄泉に旅立ってしまった。

平成二十八年四月二十三日の夕刻、樹木葬墓地を管理する知勝院会報の樹木葬通信「樹木に吹く風」九十四号掲載予定の文章を居酒屋で受け取った。彼は二カ月に一回発行する樹木葬通信に第一号から欠かさず一頁分を執筆してくれ、その謝礼代わりに一献傾けるのが恒例となっていたので居酒屋での飲み会となったわけである。エッセイが得意で、今回は○○日が締切りだよと告げると、その翌日か翌々日には原稿が出来たよと連絡がある。全く有難い存在であった。

原稿を受け取るとき、樹木葬通信が刷り上がって彼に二十〜三十部手渡すとき、即ち二カ月に二回の飲み会は、里地里山に関する話題で毎回盛り上がった。いつも約五合、常温の日本酒を飲むのがならいだった。

その後、約一週間後、校正をしてもらおうと彼の自宅に電話をかけても誰も出ない。そこで初校をポストに入れて校正を待つことにした。普通は翌日に返事がくるのに、全く音沙汰がない。これは変だと思い夜電話をかけてみると、奥さんが出て、私と飲んで帰宅した夜、緊急入院したとのこと。原因は癌が大きくなり大腸が破裂したので縫合して大腸が落ち着くまで様子を見て、それから癌の手術をするということであった。手術後入退院を繰り返したが、肝臓などに転移して帰らぬ人となった。

樹木葬通信では、僧侶の私が地域づくり的なことを書く場合が多かったのに対し、岩井君は哲学的、宗教的な内容が多く、どちらが宗教者なのか分からない感じであった。私は文学部に入ったが、高校生時代は数学と物理が得意で、英語や国語が嫌いだった。したがって、文章を作るのは苦手で、特にエッセイや詩、短歌、俳句などは全く不得手である。

その私が毎号執筆出来たのも岩井君の励ましのお陰である。二学年下の彼は中学校時代から私を知っていたが、私が彼を知ったのは、一九八四年に一関市の祥雲寺に戻ってからである。それでも三十五年以上にわたる付き合いだった。

彼の死後、中学校、高校時代の同級生が次々と逝去しているし、私の体調もやや怪しいところがある。そこで来年の二十周年までは待てないと思い、拙速を覚悟の上で、岩井君の一周忌までに上梓しようとした。

印刷においては一関プリント社の社長、菅野花子氏に大変お世話になった。厚く御礼申し上げます。

平成三十年十月

千坂 げんぽう（ちさか・げんぽう）　1945年宮城県南郷町(現美里町)生まれ。一関一高卒。東北大学大学院文学研究科博士課程中退。元聖和学園短期大学教授。1984年祥雲寺住職就任。1999年日本初の樹木葬墓地を開創し知勝院設立し住職就任。2006年宗教法人格取得。2011年知勝院住職退任。2014年祥雲寺住職退任。2009年法定協議会・久保川イーハトーブ自然再生協議会設立。会長として自然再生事業に取り組む。
著書：『さとやま民主主義』（本の森、2016年）『だまされない東北人のために－地域おこしにニセ物はノー！』（編著、本の森、2016年）『樹木葬和尚の自然再生－久保川イーハトーブ世界への誘い』（地人書館、2010年）『樹木葬の世界－花に生まれ変わる仏たち』（編著、本の森、2007年）『樹木葬を知る本－花の下で眠りたい』（共編、三省堂、2003年）『五山文学の世界－虎関師錬と中巌円月を中心に』（論文集、白帝社、2002年）『だまされるな東北人』（共編、本の森、1998年）他多数。

岩井 憲一（いわい・けんいち）　1947年岩手県一関市生まれ。一関一高卒。同志社大学経済学部卒。1970年一関市役所に入庁。教育委員会教育次長、保健福祉部長など歴任。2008年市役所退職後、一関市社会福祉協議会一関支部長、知勝院総代長（2008年～2017年11月）など。
地元出版物に多数掲載。

新「遊行《ゆぎょう》」時代

―長寿社会の生き方と里山の役割―

発行日　二〇一八年十一月四日　初版発行
著　者　千坂げんぽう・岩井憲一
発行者　大内悦男
発行所　本　の　森
〒九八四－〇〇五一
仙台市若林区新寺一丁目五－二六－三〇五
電話＆ファクス　〇二二（二九三）一三〇三
印　刷　株式会社　一関プリント社
岩手県一関市青葉一丁目七－二四
電話　〇一九一（二三）四五八六

ISBN978-4-904184-90-5